拾ったギャルを
お世話したら、
まる
〇フレになったんだが。
赤金武蔵
イラスト 上ノ竜

拾ったギャルをお世話したら、まるフレになったんだが。
目次
CONTENTS

ダッシュエックス文庫

# 拾ったギャルをお世話したら、○フレになったんだが。

赤金武蔵

# 第一章

雨脚が刻一刻と強くなる中、俺は今、人生の岐路に立たされていた。

場所は小綺麗なアパート。防犯に関してはしっかりしていて、高校生が一人でも心配なく生活していける。俺もそんなアパートで一人暮らしをしていた。

時刻は既に二十二時を過ぎている。

いつも通りバイトから帰ってきたが、今日は少し状況が違っていた。

女の子が座っている。

厳密に言えば、俺の住んでいる部屋の横に、濡れ鼠になっている女の子が一人、膝を抱えて座っている。

一瞬お化けかと思って、喉の奥から変な声が漏れ出したのは内緒だ。

暗くてよくわからないが、染めているのか明るい茶色の髪をしている。

見たところうちの高校の制服を着ているみたいだ。でも二年では見たことない。三年か一年だろう。

遠くで雷が鳴り、その拍子に女の子は体をビクつかせた。雷が怖いんだろうか。

さて、ここで俺には二つの選択肢がある。

その一。無視して部屋に入る。これを選択した場合、俺の良心がゴリゴリに削られるだろう。

その二。部屋に入れる。これを選択した場合、世間に知れたら俺の社会的信用が死ぬ。

前門の虎、後門の狼。デッドオアダイ。おい、死ぬしか選択肢がないじゃないか。

考えること数秒──俺は、一つ目を選択した。

この子には申し訳ないが、社会的に死ぬより良心が削られた方がマシだ。削られた良心はいつか時間とともに回復するだろうけど、失った社会的信用というのは戻ってこない。

このことは忘れよう。さっさと風呂に入って……。

「くしゅんっ」

……。

「くしゅんっ、くしゅんっ」

…………。

「くしゅんっ。……ぅぅ……」

気がつくと俺は急いで部屋に入り、タオルとブランケットを手に戻った。

女の子の肩からブランケットを羽織らせ、びしょ濡れの髪をタオルで拭く。

「あぅあぅ……？」

突然のことで理解が追いついていないのか、女の子はされるがままだった。

「大丈夫っすか？　立てる？」

俺の言葉に、ゆっくり顔を上げる女の子。髪の向こう側から綺麗な空色の瞳が俺を見つめ、思わず息を呑んだ。

いや、瞳だけじゃない。まるで芸術家が造形したような端整な顔立ちと儚げな雰囲気に、柄にもなく心臓が高鳴った。

絶世の美少女であり、絶世のギャル。とにかく可愛い。こんな子がいるなんて。

目が合い、数瞬の沈黙が場を支配する。直後、女の子は安心したのか、目から涙が零れた。

「うぅ……うぇぇん……！」

あー、ダメっぽいなぁ。だけど一度関わったからには、ここで放り捨てるわけにはいかないし。

とりあえず髪を拭いてやりながら、女の子が泣き止むのを待った。

女の子が泣き止んでから部屋に上げ、とりあえず風呂に入ってもらうことに。

このままじゃ風邪をひきかねないからな。

その間、制服はドラム式洗濯機に入れて洗濯と乾燥をさせる。申し訳ないが、乾くまでは俺の服を着てもらおう。

今日の夕飯はオムライスにコンソメスープ、キャベツの千切りだ。コンソメスープなら冷えた体も芯から温まるだろう。

手際よく二人分の夕飯を作り終えたところで、浴室の扉が開いて女の子が出てきた。

置いておいたドライヤーを使ったのか、フワッとしたウェーブの掛かった栗色の髪が揺れた。

ティーシャツとハーフパンツを渡したつもりだが、サイズが合わなすぎて全体的にダボッとしている。

けど、見てくれがいいからオーバーサイズの服を着たストリート系にも見えるな。

「あ、えと……」

「ん？　どうかした？」

……？　ハーフパンツを押さえて、いったい……あっ。

「腰回りが合わなかったら、端っこ結んでいいから」

「あ、ありがと……っす」

女の子は背を向けてゴソゴソやりだす。

それにしても、随分と綺麗な声だ。思わず聞き惚れてしまうくらい。

女の子はズボンのウエストを結び終えると、改めてこっちを見た。

目が自然と食卓に向けられると、可哀想なくらいでかく腹の虫が鳴いた。

「どうぞ。君の分も作ったから」

「え……い、いいんすか……？」

「うん。それに、そんな大きな音を聞かされてダメって言えないよ」

あ、お腹押さえて顔を真っ赤にした。今のはデリカシーなかったな。反省。

「さ、さあ食べよう。俺もさっきまでバイトで、腹減ってるんだ」

「……うす……」

女の子が対面に腰を下ろし、ちょこんと正座する。

俺が手を合わせるのを見て、女の子も手を合わせた。

「いただきます」

「い、いただきますっす」

スプーンを手に、おずおずとオムライスを食べる。

と、目を見開いてガツガツとかき込んだ。よかった、口に合ったみたいだ。よほど腹が減ってたんだろうな。

俺も自分の分のオムライスを食べる。

うんうん、いい出来だ。チキンライスもいい塩梅だし、卵もふわとろ。ナイス、俺。普段から料理しててよかった。

「まぐまぐ。……ぅ……まぐ。ぐずっ……まぐ、まぐ……」

女の子が食べながら涙を流す。

とりあえず今はそっとしておいてやろう。世の中聞かない方がいいこともある。というか面倒事は遠慮したい。

互いに無言で食事を続け、おかわりも全部平らげたところで再び手を合わせる。

「ご馳走様でした」

「ご馳走様でしたっす」

満足したのか、女の子は深く息を吐いた。ここまで美味そうに食ってくれると、作った甲斐があったってもんだ。

それに落ち着いたみたいで、今は涙も引っ込んでいる。残念ながら目元は腫れてしまっているが。

体も温まった。お腹もいっぱいになった。あとはまあ、お互いの自己紹介ということで。

「自己紹介がまだだったね。俺は吉永海斗。鎧ヶ丘高校の二年生だ」

「き、清坂純夏っす。鎧ヶ丘高校の一年っす」

やっぱり後輩か。三年生でこんな綺麗な人がいたら、間違いなく去年のうちに噂になってるだろうし。

清坂さんは男と二人きりという状況にそわそわしているが、警戒心は薄れているみたいだ。

個人的にはもう少し警戒をしてほしい。もし俺が悪い男だったらどうするつもりなんだ。

食後の茶をすすりながら、今後のことを考える。

まだ制服は乾いてないし、外は雨だ。それでなくても、時刻はもう二十三時。さすがにこの時間に女の子を外に追い出すほど俺も鬼じゃない。

でもなぁ、このままここに置いとくのはダメだろう。

どう対応するか迷っていると、清坂さんがぼそりと呟いた。

「……聞かないんすね」

「え？」

「……私が、なんであそこにいたこととか」

気まずそうに目を逸らす清坂さん。自分でも、この時間にあんな場所にいたことは変だと思っているらしい。

「聞いてほしいなら聞くけど、どう考えても訳ありでしょ。なら聞かないよ」

「……あざす」

清坂さんは安心したように肩の力を抜いた。

安心するのはいいんだけど、一応俺も男だから警戒すべきところはしてほしいんだけど。あ、俺にそんなことする度胸はないぞ。何せ童貞だからな（悲）。

「えっと……それで、この後はどうする？　傘くらいは貸せるけど、帰れるか？」

「……帰りたくないっす」

「帰りたくないって……」

いくらなんでもそんなわけにもいかないだろう。今は雨が降ってるし、時間的に帰れないとしても。さすがにご家族も心配……。

「家、嫌いなんで」

あ、あー。なるほど。そういうタイプの人ですか。また面倒そうな……。

はぁ……雨の日に家出ギャルを拾うとか、そんなベタなことあるかよ。

「それに──」

ドッッッゴロロロロロロッッッッ——!!!

「キャアッ！」

「うぉっ」

い、今のは驚いた。めっちゃ近くに落ちたな、雷。

……ん？

「清坂さん、大丈夫？」

頭を抱えて亀みたいに丸くなってるけど。

「だ、大丈夫じゃないっす……！　か、雷はダメっす……！」

やっぱり雷苦手だったか。確か今日は一晩中雷雨って予報だったはず。そんな中、女の子を外に出すなんて、さすがになぁ。

「なら、今日は泊めてあげるよ。悪いけど俺のベッド使ってくれ。俺はリビングで寝るから」

「え……い、いいんすか……？」

「仕方ないさ。幸い来客用の布団は常備してるから、俺はそっちで寝るよ。新品の歯ブラシはあるから、使っていいよ」

「……あざす……」

そうと決まれば、いろいろ準備しないとな。

清坂さんに新品の歯ブラシと歯磨き粉を渡し、歯を磨いてもらってる間に見られちゃいけないものを隠す。男の子ですから、それくらいは嗜(たしな)みとしてね。

リビングに布団を敷くためテーブルや諸々を動かしていると、また雷が落ちた。

停電、しないだろうな。停電されたらちょっと困るんだが。

停電しないうちに食器を丹念に洗う。と、クイッと服が引っ張られた。

「ん？　……清坂さん？」

清坂さんが歯を磨きながら俺の服の裾を摘んでいる。

また雷が鳴った。それと同時に、裾を摘む力が僅かに強くなる。

雷が怖くて、一人じゃいれないいってことかな。……ま、それなら仕方ないか。

結局洗い物が終わるまで、清坂さんは俺の服の裾を握ったまま歯を磨いていた。

◆

俺も風呂と歯磨きを終えると、時刻は零時を回った。

明日も学校だから、さすがにもう寝ないとな。

「それじゃあ清坂さん。遠慮なく寝ていいからね」

「あ、はい。あざっす」

「それじゃ、おやすみ」

あ、誰かにおやすみって言ったの、久々な気がする。家族とは仲悪いから、こんな挨拶もしなかったし。

俺の挨拶に清坂さんは少し目を見張り、頬が緩(ゆる)んだ。そういえば、さっき家庭環境が悪そうなこと言ってたっけ。清坂さんからしても、こういう挨拶は新鮮なのかもな。

なんてことを考えていると、清坂さんは緩んだ口元を隠すように、そっと顔を伏せてしまった。

「あ、あの……」

「ん？」

「ぁ……い、いえ。なんでも。お……おやすみなさ――」

ドゴォォォオオオオッッッ――!!!

「キャアアアアッ！」

ああ、また雷落ちて……って!?

「ちょっ、清坂さん!?」

おおおおお思いききききりりりりだだだだ抱きききききき!?

しししししかもお胸様が擦(こす)れて潰(つぶ)れて凄(すご)いことににににに!?

ドンドンドンッ!!

「キャアアッ！」

「うっせぇぞォ！　今何時だと思ってんだァ!!」

「すっ、すんませんすんませんっ！」

お隣さんから壁を叩かれた上に怒声を浴びせられた。いや、本当にすみません。

お隣のお姉さん、普段は優しいけど酔っ払うと怖いんだよ。言葉遣い悪くなるし。

とにかく、今はこの状況をなんとかしないとっ……！

怯える清坂さんに触れないように手を上げ、極めて優しい声で話しかける。

「お、落ち着いて清坂さん。俺はここにいるから。ね？」

「う、うぅ……」

目に涙を溜め、超至近距離で俺を見上げる清坂さん。可愛すぎるだろ、反則だ。何に対しての反則なのかは知らないけど。

「きょ、今日はもう寝よう。寝れば雷も怖くないから」

「……はいっす」

清坂さんを伴い、寝室に入る。

ベッドに勉強机、それに漫画やラノベのしまってある書架。あとはちょっとした小物が並んでいる。特に面白みもない平凡な部屋だ。……ギャルの清坂さんからしたら、漫画やラノベがあるだけでオタク認定されるかもしれないけど。

でもよほど余裕がないのか、清坂さんは真っ先にベッドへ向かっていく。

清坂さんをベッドに寝かせ布団を被せてやると、口の辺りまで布団を引っ張り上げた。

「おやすみ。俺はリビングにいるから、何かあったら呼んで」

「あ、ありがとうございますっす……」

直後、また雷が落ち、雷に驚いた清坂さんが俺の手を掴んで布団に潜り込んだ。

「ちょっ、清坂さん……!?」

さすがにベッドに引きずり込まれるのは勘弁してほしいんだけどっ！

あ、いい匂い……じゃなくて！

「か、海斗センパイっ。わ、私が寝るまで、ちょっとだけ傍にいてほしいっす……！」

「そ、傍にって……！」

いくらなんでもそれは無茶である。俺が狼だったらどうするつもりだ。危機意識が足りてないんじゃないか？　そんな度胸は小指の先ほどもないけど。

そう言おうとするが、布団の中からでもわかるほど綺麗な空色の瞳が俺を見つめる。

ぷるぷる震え、今にも壊れてしまいそうだ。

それにいきなり下の名前って、距離感皆無か。

ぅ……ぅぅむ……。

「わ、わかった。でも清坂さんが寝るまでだからね」

「お、お願いっす……！」

とりあえずベッドの傍に座る。

手は離せない。というか清坂さん力強っ。全然放してくれない。

その手を優しく握り返すと、清坂さんは目を開いて俺を見る。

俺が傍にいることに安心したのか、急に電池の切れたロボットみたいに動かなくなり、寝息を立てた。ちゃんと寝てくれたみたいだ。やれやれ、世話の焼ける子だ。

さて、俺もリビングで……んっ。あ、あれ？

「あの、清坂さん。手を放してくれませんか？」

「すぅ……すぅ……」

「……清坂さ～ん？」

「すゃ……」

ガチ寝しとる。

まずい、これは非常にまずい。このままじゃ俺は寝られないし、下手（へた）すると朝起きた時、清坂さんに変態扱いされかねない。

清坂さんに繋がれた手と安らかな寝顔を見る。

こんな可愛い子に頼りにされるのはありがたいけど……どうするよ、これ。


はい。案の定（じょう）一睡もできませんでした。

いつの間にか雷雨は過ぎ去って太陽が顔を見せた頃。ようやく清坂さんの力が抜けて手が離れた。

眠い……さすがに眠すぎる。

徹夜なんて今までもやったことはあるけど、状況が状況だ。超が十個くらいつく美少女が傍にいて、精神が削れない方がどうかしている。

コーヒーを淹れ、朝日を浴びつつ一口。あぁ……染みるぜ。

今日学校なんだけどなぁ……サボりたいけど、一人暮らしの条件として学業はちゃんとすることって言われてるから、サボるわけにはいかない。

けど……あぁ、ダルい。

……いや、頑張れ俺。うん、頑張れ。一年の頃から無遅刻無欠席を貫いてるんだ。ここでそれを潰すのはもったいない。

マグカップをシンクに入れ、歯を磨いて顔を洗う。

そうしてると、寝室の扉がゆっくり開いて清坂さんが顔を覗かせた。

不安そうな顔でキョロキョロする。が、俺を見つけると満面の笑みになり、目をキラキラ輝かせて近付いてきた。なんか物凄くわんこみを感じる。

「海斗センパイ、海斗センパイっ。おはようございますっす！」

「あ、うん。おはよう。よく眠れた？」

「はいっす！　こんなに安心して眠れたの、生まれて初めてっす！」

なんか踏み込んじゃいけない話題の予感。話を逸らそう。

「えっと……コーヒー飲む？」

「いいんすか？　じゃあミルクと砂糖マシマシでお願いします！」

「わかった。顔洗って、ソファに座ってな」

「あーい」

俺と交代で、洗面所で顔を洗う。

その間にコーヒーを淹れ、要望通りミルクと砂糖をたっぷりと入れてやる。

洗面所から出てきた清坂さんは、元気よく「あざす！」と言ってマグカップを受け取った。

「朝飯は？」

「あ、自分朝は食わないんで。海斗センパイは？」

「俺は食うけど、今日はいいかな。体調悪いし」

「えっ、大丈夫っすか？　まさか昨日の雨で？」

「いや、そうじゃない。それはそうと、清坂さんは大丈夫？　雨に打たれてたから、風邪とかひいてない？」

「はい！　私、体の頑丈さだけが取り柄っすから！　頭悪いし！」

そんな悲しいこと自信満々に言わないで。俺も悲しくなる。

「学校は行くの？」

「もちろん行くっす。家には帰りたくないんで」

またサラッとリアクションの取りづらいことを。

清坂さんが洗濯機の中の制服やらインナーを取り出したのを見て、俺も制服に着替えるべく洗面所から出た。

適当な白シャツとワイシャツ。それにスラックスを履く。

うちの学校は男女ともにブレザーで、男はネクタイ、女はリボンをつけることになっている。

全校集会や公式の集まり以外、着用する生徒はほとんどいないけど。

ブレザーを羽織って鞄（かばん）を準備すると、清坂さんは支度が済んだのか、ばっちりメイクをして洗面所から出てきた。

長袖（ながそで）のワイシャツは第三ボタンまで開け、スカートは短い。ブレザーは羽織っておらず、腰にはカーディガンを巻き、手にシュシュをつけている。

見るからにギャル。凄くギャル。

「お待たせしましたっす！」

「いや、待ってないよ。じゃあ行こうか」

清坂さんと家を出て、部屋の鍵を掛ける。

同じ学校の生徒だから一緒に家を出たけど……一つ気になっていたことを聞くことに。

「家には帰りたくないって言ってるけど、今日はどうするんだ？　行く当てとかあるの？」

「んー、そーっすねぇ。家には帰りたくないし、かといってダチの家に転がり込むのもご家族に迷惑かけますから……あ」

ん？　え、何？　俺の顔に何かついてる？

「そうだ！　海斗センパイ、一人暮らしっすよね!?　ならちょっとでいいんで、居候（いそうろう）させてくださいっす！」

「……は？　居候？」

「はいっす！　昨夜（ゆうべ）のセンパイ見た感じ、童貞でチキンで臆病者感あったんで、身の危険は感じないと思って！」

ディスりすぎディスりすぎ。事実だけに何も言い返せないのが悲しい。

「お願いしますっす！　ほんのちょっと！　ちょっとだけお願いっす！」

手を合わせて拝み倒してきた。

さて、また俺には選択肢が二つある。

その一、泊める。こっちを選択した場合、俺の生活の自由が脅かされる。それに泊めるにはお互いのことを知らなすぎるし、お互いを信頼するには時間が足りなすぎる。

その二、断る。こっちを選択した場合だが、多分……。

「もし断ったら？」

「そんときゃ野宿っすね。それかマッチングアプリで泊めてもらうとこ探すっす」

考えうる限り最悪の答えだった。

横目で清坂さんを見る。清坂さんは覚悟と不安と期待を込めた目で俺を見上げていた。

清坂さんは自分を人質にしてるんだ。野宿か別の男の家に泊まるってことは、身の危険があるということ。俺がここで断ったら、清坂さんは……。

これまた最悪の展開を想像してしまい、そっとため息をついた。

「はぁ……俺の家でよければいいよ」

「マジすか！　いやぁ、頼んでみるものっすね！」

「え、断られると思ってたのか？」

「会ったばかりの見ず知らずの女っすからね。でも海斗センパイが優しくてよかったっす！」

ちくしょう、やられた。

でもあそこで断ってたら、本当に野宿か別の男の家に泊まることになってたろうし……仕方ないか。

「今日はバイトも休みですぐに帰るから、いつでも来ていいよ」

「あざっすー！」

なんか、面倒な拾いものをした気がする。

◆

「清坂純夏？　もちろん知ってるよ。有名人じゃないか」

「……マジ？」

教室に着いて、友人の鬼頭悠大に清坂さんのことを聞くと、爽やかな笑みと共に答えが返ってきた。

悠大曰く、どうやら清坂さんは一年の中で既にスクールカーストのトップに君臨する、超のつく勝ち組らしい。

常人離れした美貌に、綺麗な空色の瞳。誰とでも分け隔てなく接するから、一年生は疎か二年や三年にもファンは多いんだとか。

マジか、まったく知らなかった。

「それにしても、どうしたの？　清坂さんのこと気になっちゃった？」

「あー……いや、そういうわけじゃないんだ」

気にならないと言えば嘘になるけど、踏み込む気もない。

「ふーん。なんだ、海斗にも春が来たと思ったのに」

「おい。俺は別に冬を謳歌してるわけじゃないぞ。雪解けを待ってんだ」

「はいはい。でも清坂さんはやめた方がいいよ。一年から三年まで、ライバルは多いからね」

「だから違うって」

ニヤニヤ顔の悠大の頭を叩き、自分の椅子に座る。

と、急に俺のスマホが鳴動した。誰だ……は？

『純夏：海斗センパイ、夕飯はステーキがいいっす！　もちろんお金は払いますんで！』

え、清坂さんからメッセージって……え？

『海斗：清坂さん、まず聞いていい？』

『純夏：あ、そうでした。好みの焼き加減はミディアムレアです！』

『海斗：別に好みを聞きたいわけじゃない。そうじゃなくて、なんで俺の連絡先知ってるの？』

『純夏：ダメですよセンパイ、スマホはちゃんとロック掛けなきゃ！　変な人に見られたらどうするんですか？』

『海斗：自己紹介どうもありがとう』

これからはちゃんとロック掛けよ。

『純夏：まあ、センパイがコーヒーを淹れてくれてる間にちょちょいと。……怒りました？』

はぁ……まったく、この子は。

『海斗：怒ってないよ。夕飯はステーキね』

『純夏：はい！　今日の夜に、近所のスーパーで特売があるそうなので！（スーパー特売のスクショ）』

お、確かに安い。肉だけじゃない、野菜も安くなってる。

特売の時間は……授業が終わって走れば間に合うか。

『海斗：ありがとう、助かったよ』

『純夏：いえいえ！　海斗センパイのお役に立ててよかったです！』

最後に清坂さんから照れてるスタンプを受け、スマホを鞄にしまった。

いい子……だよなぁ、清坂さんって。

まあほんの少ししか絡(から)んでないから、本当の清坂さんとかはわからないけど。

「海斗、ニヤニヤしてるよ？」

「してない」

「してるって」

「しつこい。もぐぞ」

「何を!?」

◆

放課後。夕飯の食材を確保し、無事に清坂さんと夕飯を食べ終えた。

今日も美味そうに食べてくれた清坂さん。満面の笑みで手を合わせた。

「ご馳走様でしたっす！　美味しかったです！」

「そう言ってくれて何よりだ」

と言っても、今日は肉に塩コショウをまぶして焼いただけなんだけど。

汚れた皿を洗うと、いつの間にか隣に立っていた清坂さんが皿を拭いてくれた。

「ありがとう」

「居候させてもらってますんで、これくらい大丈夫っす」

「……そういや、着替えとか諸々は大丈夫なの？」

「はい。昼間のうちに家から持ってきたっす」

そういや、見た覚えのない荷物が増えてるな。キャリーケースが二つに、

「え、学校は？」

「サボタージュ！」

「サボるな」

横目ピースでウインクされた。いかにもギャルっぽい。ちょっとドキッとしたけど。

てか学校まで一緒だったのに、あれから学校抜け出したんかい。

そっと嘆息し、無言で皿を洗い続ける。

すると、清坂さんが妙にそわそわしだした。俺の顔色を窺うようにチラッチラッと見上げてくる。

「どうしたの？」

「えっと……か、海斗センパイも、学校はサボらない方がいいと思いますか……？」

「え？　……あー、そう言われるとどうだろう」

〝も〟ということは、これまでにも学校の先生とか親に何か言われてきたんだろう。

サボるのは悪いこと。サボらないのが正しいこと。世間一般的な見解としては、こんなもんだろう。俺は一人暮らしさせてもらう条件があるから、サボらずに学校も勉強も頑張ってるけど……。

「たまになら、サボってもいいんじゃないかな」

「……いいんですか？」

「一人になりたい時もあるだろ。疲れた時とか、人付き合いが嫌になる時とか、人生の全てが面倒になる時とか。まあ普段からサボりはダメだけど、たまにならな」

もちろんサボってばかりもよくない。適度に息抜きするのも大事、という話だ。

清坂さんは目を見開いて、じっと俺を見上げてくると、「……そっすか」と呟いて黙ってしまった。しまった、踏み込みすぎたかな。

お互いに無言のまま皿を洗い終える。

と、清坂さんが小さく欠伸をした。まだ二十一時だけど、疲れが出たのかもしれないな。

「眠い？」

「んー……はいっす」

「じゃ、寝ていいよ。俺は勉強してから寝るから」

「え。海斗センパイ、勉強してるんすか？」

「まあ。学年で十位以内をキープすることが、一人暮らしの条件だから」

「……大変っすね、センパイも」

「はは。慣れたよ」

最初は大変だったけど、今は勉強しないと落ち着かなくなった。習慣って大事だ。

「じゃあ、私は先に寝るっす。おやすみなさい、センパイ」

「うん、おやすみ」

俺の部屋に入る清坂さんを見送り、俺は座卓に教材とノートを広げた。

…………。

……………………。

「ふぅ」

ふと顔を上げると、もう二時間も経っていた。さすがに疲れたな。

「……ん？」

「あ、センパイ。お疲れ様っす」

え？　清坂さん？

いつの間にかソファに座っていた清坂さんが、暇そうにスマホを弄っていた。

「寝たんじゃなかったの？」

「それがその……ちょっといろいろ思い出しちゃって、寝付けなかったというか……」

あー、あるある。わかるなその気持ち。俺もたまにそういう時あるし。

「でも寝ないと、明日に響くでしょ？」

というか俺、よく考えると昨夜徹夜してるから、今だいぶ眠いんだけど。

「そうなんですけど……あっ、センパイ。ちょっと手を借りてもいいですか？」

「手？」

何か手伝うことがあるんだろうか？　首を傾げて手を出す。

すると。細く、柔らかく、しなやかな指が、まるで蛇のように俺の指に絡んで握ってきた。

「き、清坂さん……？」

「やっぱりセンパイの手を握ると、落ち着くっす」

「お、落ち着く……？」

「うす。わかんないですけど、海斗センパイの手を握ってると……なんだか眠気、が……しゅぴぃ」

「ここで寝んな」

「……はっ！　お、落ちかけたっす。危うく危なかったっす」

　何言ってんだこいつ。

　まあ、疲れてるんだろうなぁ……男の家にいるし、緊張もしてんだろう。

「わかった、わかった。今日も寝るまで傍にいてあげるよ」

「ホントっすか？　あざっす」

　寝室に入り、ベッドに潜り込む清坂さんの隣に座る。

　手は握りっぱなし。今日も放してはくれないみたい。

「海斗センパイは寝ないんすか？」

「寝るよ。清坂さんが寝てからね」

「……一緒に寝ます？」

「……は？」

　一緒に、て……え？

「何言ってるんだ。そんなことできるわけないでしょ」

「でも私、センパイと手を握ってないと眠れないです」

「本当に何言ってんの？」

　子供か。そんな歳でもないでしょう。

「今朝センパイが体調悪かったのって、私のせいですよね。私がこうしてワガママを言ったから……」

「……気付いてたのか」

「なんとなくですが。でも私、センパイの手を握ったまま寝たいです」

モジモジと上目遣い(うわめづか)で見つめてくる。

何だこれっ。くそ、可愛すぎる。

「う、ぐ……その……い、一緒には無理だっ。でも隣では寝てあげるから」

「ほ、ホントっすか!?　えへへっ、ありがとうございます！」

満面の笑みを見せる清坂さんに、つい魅入ってしまった。

そんな清坂さんから逃げるように。ベッドの横に布団の準備をした。

ベッドに寝転がり、横向きになって俺の方を見る清坂さん。

手はしっかりと握られていて、反対側を向くことはできない。ただ黙って天井を見上げる。

「へへ……私、生まれて初めて誰かと一緒に寝るっす」

「大袈裟(おおげさ)だな。子供の頃とか、親と寝てるでしょ」

「寝てないっす。……ずっと、一人でした」

……しまったな。普通に地雷踏んだ。

もう清坂さんの家族の話題は絶対にやめよう。

黙ってると、心臓の鼓動と時計の針が進む音がやけに大きく聞こえる。

それに、暗闇の中、清坂さんの息遣いが生々しく聞こえてきて、いろいろとヤバい。

「……センパイ、知ってます？」

「なっ……何を？」

いきなり話しかけられて、つい声が上擦(うわず)ってしまった。話しかける時は、話しかけるって話しかけてから話しかけてきてほしい。俺の心臓に悪いから。

……何を言ってるんだ、俺は。

「こうやって添い寝する男女のことを、添い寝フレンド……ソフレって言うらしいっすよ」

「何その不純な関係」

「今の私らもそれじゃないっすか？」

あー……そう言われると、確かに？

添い寝フレンド。ソフレ。

いいのか、それで。

「これから海斗センパイは、私のソフレっす。寝る時はいつも一緒っすよ」

「拒否権は？」

「私の睡眠とお肌の美貌がどうなってもいいのなら」

「その自分を人質にする交渉やめな？」

俺としては、一年生で既にトップカーストの超勝ち組女子と添い寝なんてごめん被(こうむ)りたいんだが。

「……俺が手を繋いでたら、寝れるのか？」

「！　はいっす！　それはもう、今までにないくらいぐっすりっす！」

「……はぁ。手を繋ぐだけだよ」

「あざっす！」

これはもう、役得って考えていい……のか？

清坂純夏。同じ鎧ヶ丘高校の生徒で、後輩で、一年トップカーストの超勝ち組の女の子は。

今日、俺のソフレになりました。

# 第二章

目が覚めた。前日徹夜だったから、思いの外よく眠れたな。

でもまだ寝足りないのか、まぶたが重い。上のまぶたと下のまぶたがキスしそうだ。

俺だってまだなのに、ふざけるな。許さん。……何考えてるんだ、俺は。

閉じかけた目を擦ろうと腕を動かす。

……あれ、おかしい。左腕が動かない。というかなんか温かくて柔らかいものに包まれてるような。いや、拘束されてる？　それにしては痛くないと言いますかむしろ気持ちいいと言いますか。

試しに右腕を動かす。

問題なく動くな。どうやら左半身だけ金縛りにあったらしい。意味がわからない。

眠い目を擦り、左側を見る。

「しゅぴぃ……」

清坂さん……ああ、そうか。昨夜は清坂さんにせがまれて、一緒の部屋で寝たんだっけ。ソフレがどうとかって言われて。

それにしてもだらしのない寝顔だ。口元が緩みに緩みまくっている。でも……気持ちよさそうに寝てるなぁ。

それはもう気持ちよさそうに…………………ん？　顔近くない？

気のせいか？　確か昨夜はベッドの上にいたような。それが何故か、超至近距離にいる気がする。もう隣にいる勢い。近すぎて吐息が俺の頬に当たるレベル。

寝起きの鈍った頭で考えるが、ぼーっとしすぎて思考がまとまらない。

とにかく起き上がって現状を把握しないと。

モゾモゾ動き、その度に腕が柔らかい何かに擦れる。

と、清坂さんがくぐもった息を吐いた。

「ぁんっ……んんっ……んー……？」

パチッ。

あ、起きた。

「ふあぁ～……かいとしぇんぱぃ、おはよぉごじゃいます……」

「あ、うん。おはよー、清坂さん」

清坂さんは目を擦り、擦り。

俺も目を擦り、擦り。

互いに顔を見合わせる。

清坂さんは、俺が隣にいることに安心してるのか、ほにゃっとした笑顔を見せる。

そんな笑顔に、俺も釣られてつい笑みを零した。

それにしても顔がいい。いや、顔だけじゃなくて体もいいし、数日しか絡んでないけど性格がいいことも知っている。はっきり言っていい女すぎる。

そんな清坂さんとソフレ……そ、ふれ……？

「「…………」」

……………………………………。

「「んっ!?!?!?」」

えっ、なっ、えっ、近っ!?　えっ、何で!?

揃って飛び起き、後退る。

書架に激突する俺。

ベッドに飛び乗ってうずくまる清坂さん。

清坂さんの顔は、熟れたリンゴより真っ赤になっていた。多分俺も同じだろう。

だってあの柔らかい感触って、あれってアレだよね。アレですよね!?

とにかく誤解ってことを伝えないと……！

「ち、違っ！　こ、これは誤解だから……！　べべべべ別に俺が無理やり布団に引きずり込んだわけじゃ……！」

「だっ、だっ、大丈夫っす……！　わわわっ、わかってます……！　ベッドで寝てたはずの私が、海斗センパイの布団でっ……！　ね、寝惚けてて……！」

髪をもしゃもしゃ、口をあわあわさせる清坂さん。

相当恥ずかしかったのか、声にならない悲鳴を上げてベッドから飛び起きると、寝室を飛び出していった。

それを見送り、一気に肩の力が抜ける俺。

朝から嬉しいやら、疲れるやら……これは、対策を考えないと。

……その前に、しばらく動けそうにありません。

◆

微妙に気まずい時間を過ごしたが、朝のコーヒータイムや朝食を摂ったことで、今朝のことは有耶無耶になった。

よかった、あのまま気まずかったらどうしようかと。

「あ、センパイ。ゴミ箱満杯ですよ」

「え？　ああ、そうだ。今日ゴミ出しだった」

「あっ、ならゴミ出しの日教えてほしいっす！　朝のゴミ出し、手伝います！」

なんと。ギャルってこういうのが苦手そうなのに。

人は見かけによらないとは聞くけど、偏見だったか……申し訳ない、清坂さん。

「なら、今日はゴミ置き場を案内するよ。行こうか」

「はいっす！」

家の中のゴミを集め、大きな袋にまとめる。

今日は可燃ゴミの日だけど、いつも以上にゴミが多い。

それもそうだ。清坂さんが居候（いそうろう）してから、二人分のゴミになったんだし。

ショートパンツにだぼだぼティーシャツ（俺のシャツ）を着た清坂さんと、アパートの部屋を出る。

と、ちょうど隣の部屋の住人も出てきた。

黒いロングヘアーに、ザ・清楚（せいそ）といった感じの服装。

切れ長で涼しげな目。左目の下にある泣きぼくろがセクシーだ。

そんな彼女が、俺らに気付いて小さく微笑んだ。

「あら。海斗君、おはよう」

「おはようございます、白百合（しらゆり）さん。今日は早いですね」

「ええ。今日は一限から講義があってね」

困ったように笑う白百合さん。大学生って大変だなぁ。

……って、あれ？　清坂さん？

俺の隣にいた清坂さんがいない。どこに行ったんだ？

「……ん？　あらあら、海斗君も隅に置けないわね。彼女さん？」

「え？　……あ、いた」

後ろに隠れてた。

俺を壁にして、じーっと白百合さんを見つめる清坂さん。

どこか警戒しているような……なんか怯えてない？

「彼女じゃないですよ。この子は清坂純夏さん。ちょっと訳あって、居候してるんです」

「き、清坂純夏っす。初めまして……」

「ふふ、可愛い子じゃない。初めまして。海斗君の隣人をさせてもらってる、黒森白百合です」

白百合さんが手を差し出す。

清坂さんも、おずおずと手を伸ばして握手をした。この子、こんな人見知りだっけ？

「あっ。いけない、遅刻しちゃう……！　またね、海斗君、純夏ちゃん」

「行ってらっしゃい」

「い、行ってらっしゃいです」

俺らに手を振って、白百合さんは走っていった。

「で、清坂さん。どうしたのさ、隠れちゃって」

「え、と。その……雷の日に怒鳴ってた人っすよね……？　それを思い出して、なんか怖くなっちゃって……」

「そういうことか。大丈夫、素面だと優しいお姉さんだよ。酔うとヤバいだけで」

「二重人格すぎません？」

言い得て妙。思わず苦笑いするほどに。

確かに、普段の清楚な振る舞いと美しい見た目からは想像できないだろう。

「対面で酔われると本当に凄いよ、あの人は」

「そ、そんなにっすか？」

「うん。ぶん殴りたくなるくらい」

「そんなにっすか!?」

おっと、喋りすぎたかな。

「ま、いつかわかるよ」

「わかりたくないっす」

「諦めな」

「無慈悲！」

あの人の隣人になった以上、観念するしかないのだ。

「ねえ、今更だけどなんで俺のシャツ着てるの？」

「本当に今更っすね」


無事にゴミを出し終えて部屋に戻ると、もう八時を回っていた。

そろそろ準備しないと、遅刻するな。

「清坂さん、そろそろ行くよ」

「ういっすー。じゃ、準備してきまーす」

洗面所に入り、十分もしないうちに出てきた。

それなのにメイクはバッチリ決めてるし、いつも通り制服も着崩して目のやり場に困る格好をしている。

「本当、準備早いね」

「私、本当はギリギリまで寝てたいタイプの人間なんすよね。だから準備の早さと脚の速さには定評があるっす」

そんな好評なのか悪評なのか判断に困る評価は初めて聞いた。

「そんなんでゴミ出しできるの？」

「む、バカにしないでください。居候させてもらってる身なんで、それくらいできるっすよ」

う━ん……ま、もう高校生だしな。こんなこといちいち言わなくても大丈夫か。

「っと、そうだ。忘れないうちに……はい、これ」

机の引き出しにしまっていたものを取り出し、清坂さんに渡す。

清坂さんはキョトンとした顔で、それと俺とを交互に見た。

「なんすか、これ？」

「何って、合鍵だよ。この部屋の」

「えっ。いいんすか⁉」

「いいも何も、俺はバイトもあるから。今日はちょっと遅くなるし、先に帰っててていいからね。

なんなら先に寝ててもいいから」

清坂さんはシロクマのキーホルダーのついた鍵を見つめ、呆然としている。

……あの、聞いてます?

「……私、待ってます」

「え、でもバイトから帰ってくるとなると、二十二時くらいになっちゃうよ?」

「待ってます。ずっと待ってます。センパイが頑張ってるんです。帰ってくるまで、待ってますよ」

鍵を両手で包み、胸元に抱き寄せて微笑む。

見たことのないほど綺麗な微笑みに、つい目を奪われてしまった。

「そ、そう――」

「それにセンパイ、私のソフレってこと忘れてないっすよね?　ソフレなのに寝る時一緒じゃないって、ソフレの自覚あるんすか!?」

「え、ごめん?」

なんで怒られたんだろう、俺。

「いいすかセンパイ。ソフレたるもの、夜寝る時は常に一緒っす。それが真のソフレっす」

「お、おす……?」

なんで女の子に、ソフレのなんたるかを諭されてるんだ、俺は。

「というわけで、センパイが帰ってくるまで待ってますんで!　夜更かしなら任せてください！　慣れてます！」

「だからいちいち悲しいこと暴露しないで」

◆

学校に着く直前の道で、清坂さんとは離れて歩く。

学校では俺と清坂さんに関わりはない。それなのに一緒に歩いてるところを見られたら、変な噂が立つからな。

しかも相手は一年生のトップカースト。

ギャルの中のギャルで、超のつく勝ち組。

そんな相手と平凡な俺の間に変な噂とか、あってはならない。

……いや、変な関係ではあるけど。ソフレだし。

「はぁ……どうしてこうなった」

「何が？」

「うわっほぃ!?」

えっ。あ、悠大(ゆうだい)か。焦(あせ)った……。

「おはよ、海斗」

「あ、ああ。おはよう、悠大」

いつも通り、爽やかに挨拶する悠大。

が、そんな悠大が不思議そうに首を傾げた。

「どうしちゃったのさ、朝からため息なんてついて」

「な、なんでもない。大丈夫だ」

「本当？　もし何かあったら、ちゃんと相談してね」

「ああ。その時は頼むよ」

相談できる内容だけになるけど。

さすがに、清坂純夏とのソフレ関係を相談することはできない。

と、その時。

「純夏ー、おはおはー」

「あーい。おはー」

俺たちを追い抜き、前を歩く清坂さんに一人の女の子が話しかけた。

さすが清坂さんの友達。めちゃめちゃ可愛いし、かなりのギャルだ。

金髪のハーフアップを揺らし、手にはマニキュア、ピアスも開けている。

そんな彼女を見て、悠大が感嘆の声を上げた。

「おぉっ、清坂純夏と天内深冬だ。一年生の二大美女が揃ったね。朝からいいものを見た気分」

「二大美女？」

清坂さん、そんなふうに呼ばれてんの？

「今年の一年生は可愛い子は多いんだけど、その中でもあの二人は飛び抜けて可愛いんだよ」

「へぇ」

「……興味なさそうだね。海斗らしいと言えば、海斗らしいけど」

いや、興味ないことはない。

俺も清坂さんのことは知りたいし、これからもっと知る機会はあるだろう。

清坂さんたちと一定の距離を保ち、ついていくようにして歩く。

別にストーカーじゃないぞ。学校が同じだから、同じ道を歩いてるだけだ。

……俺は誰に言い訳をしてるんだ？

「純夏が寝坊しないってめずらしーじゃん？　どしたの？」

「あー、私これからはちゃんと学校行こうと思って」

「え⁉　あのサボり魔が⁉」

「あはは！　深冬に言われたくねーし！」

清坂さんって、友達の前ではあんなふうに笑うんだ。なんか新鮮。

「あ、そーだ。明後日スクシェアミの新作コスメの発売日だけど、行く？　人気ですぐ売り切れちゃうから、十一時に行かないと」

「えっ、そうだっけ？　もちろん行く！　行く行……ぁ」

チラッと俺の方を見て固まった清坂さん。

え、何？　どうしたの？

「あ、あー……いいや、やめとく」

「え⁉　純夏、スクシェアミのコスメ好きじゃんっ。金欠？」

「そ、そうじゃないけど……と、とにかく、学校サボってそういうのは行かないことにしたの！」

「えー、真面目ちゃんかよー。そんな純夏もかわいーけどさー」

キャイキャイ騒ぎながら、二人は去っていった。

「清坂さん、こっち見てなかった？　さすがに先輩の前で、堂々とサボる話は気が引けたのかな？」

「さあ、どうだろう……？」

清坂さんが何を考えてるのかわからない。


「いやー、それにしても朝はいいモノ見れたね」

「まだ言ってんの？」

二時間目の数学が終わったのにもかかわらず、悠大はまだ今朝のことを言っていた。

清坂さんと天内さん。確かに二人とも美人だけど、そんなに騒ぎ立てることか？

「まあ海斗は興味ないから知らないと思うけど、二人とも結構な頻度で学校をサボるんだ。だから二人が揃って登校するところって、滅多に見られないんだよ」

「むしろ悠大はなんで知ってんの」

「常識だよ」

「どこの世界の？」

俺はいつから異世界に迷い込んだんだ？

「って、あれ？　清坂さんと天内さんだ」

「え？」

悠大が窓の外を見る。

確かに、あの髪の色は清坂さんだ。

でもいつもと違うのは、体操着を身につけてグラウンドにいるところ。どうやら清坂さんのクラスは、体育をやるらしい。

「体操着姿なんて、本当にレアだよ。今日僕死ぬのかな」

「拝むな拝むな」

って、悠大だけじゃなくてクラスの男子、ほとんど拝んでるし。

まああんだけの美少女ギャルでサボり癖のある子なら、体操着姿は珍しいのかもしれないけどさ。

俺は机に頬杖をついて、ダルそうに欠伸をするグラウンド上の清坂さんを見る。

それにしても、本当に高校生……しかも年下なんだろうか。あの堂々とした佇まいに、派手めな子たちに慕われている姿を見ると年下と思えない。

「なんだ、海斗も凝視してるじゃん」

「そんなんじゃない」

まあ、目が離せないのは否定しないけどさ。

……あ。目が合った。

清坂さんは変に意識しているのか、慌てて背を向け、何やらしきりに前髪を弄っている。

「か、海斗！　今僕、清坂さんと目が合った！　合った！」

「ああ、そうかい」

わかったからそんなに肩揺するのやめて。

なんか涙を流して感動している悠大にドン引きしていると、不意にスマホが震動した。

え、清坂さん？　でも今体育で……って、体育にスマホ持ってってってるのか。やれやれ。

『純夏：海斗センパイ、こっち見ないでほしいっす！』

『海斗：なんで？』

『純夏：これから汗かいちゃいますしっ、必死な姿を見られると恥ずかしいんです！』

『海斗：いいじゃん。人が必死になる姿って、俺は好きだよ。』

………………あれ、既読無視？

窓からグラウンドを眺める。

清坂さんはこっちを見上げ、顔を真っ赤にしていた。

え、何？　どしたの？

「き、き、清坂さんがっ、こここここっちを見て……!?!?」

悠大、お前は落ち着け。

卒倒しかけている悠大の頭を叩くと、またスマホが震えた。

『純夏：ばか』

え、なんでディスられたの俺？

授業が始まり、その間もちょくちょくグラウンドを見ていたけど、一年生の体育は短距離走みたいだ。

五十メートルを二人で走り、タイムを測っている。

一組、また一組と進んでいく。

……あ、清坂さんだ。

さっきまで着ていたジャージを脱ぎ、真剣な顔でクラウチングスタートの格好をとる。

スタートラインに立っている生徒が赤い旗を掲げ……振り下ろした。

清坂さんともう一人の女子生徒が、同時にスタート。

蹴り足が砂埃を上げ、さらに加速し——ゴール。

はっや……明らかに七秒台……いや、もしかしたら六秒台くらいか？

走るのは得意って言ってたけど、本当だったんだな。

でもあの揺れは反則だと思います。いろいろと反則です。クーパー靭帯が心配になるレベル。

それに今朝のことを思い出してしまい、妙に気恥ずかしくなった。事故とはいえ、あれを感じてしまったわけだし……。

ゴールで待っていた天内さんとハイタッチし、他の派手めな女子や男子と楽しそうに話している。

と、清坂さんがチラッと俺を見上げ、周りにバレないようにピースしてきた。

俺もそっとピースすると、嬉しそうに微笑んだのだった。

# 第三章

「センパイ、センパイっ。今日の体育での走り見てたっすよね？　私、頑張ったっす！」

バイトが終わって帰ると、宣言通り待っていた清坂(きよさか)さんが俺の服を引っ張ってきた。

なんか、飼い主の帰りを待っていた犬みたい。おっきい犬。可愛い。

「あ、うん。見てたよ。本当に脚速いんだね」

「えへへっ、毎朝の訓練の賜物(たまもの)っすね！」

「朝寝坊してるだけじゃん」

「あうっ」

軽くデコピンして、手洗いうがいを済ませる。

「そうだ。夕飯は？」

「ダチと済ませてきたっす。センパイは？」

「俺はこれから」

といっても、時間も時間だから軽く済ませるけど。

冷蔵庫から野菜炒(いた)めのパックを取り出し、豚肉と一緒に炒めていく。味付けは塩コショウのみ。その間に、レトルトのご飯をレンチンする。こういう日は楽をするに限る。

「海斗センパイって、週にどのくらいバイトしてるんすか？」

「月、水、金、土の週四だよ」

「その上勉強も頑張ってるんすよね？」

「そっちは習慣だから、頑張ってるって感覚はないけど」

地頭はよくないからな。

授業を聞いただけだとちゃんと理解できないし、予習復習は大事なのよ。

「むぅ……なんかセンパイを見てると、私もちゃんとしなきゃって気がしてきます」

「人には人のペースがあるから、あんまり気にしなくてもいいと思うけど」

「私が気にするんですっ！」

そ、そっすか……？

「……褒めてくれる人、いるんすか？」

「はは、いないよそんな人」

「…………」

清坂さんは何を考えてるのか、料理をしている俺をじっと見てくる。

結局零時近くなるまで、清坂さんは無言で俺を見ていた。

「ねえ、清坂さん。さすがにそんなに見られると恥ずかしいんだけど」

俺は布団に横になり、清坂さんはベッドに寝転ぶ。

まだ一緒に寝始めて二日だ。当然緊張はしてるし、今朝のこともある。油断はできない。清坂さんは俺の手を握ったまま放さない。隣にいるんだし、寝る時は手を放してほしいんだけども。

それにまだ俺の方をじっと見ているし。そんなに見られると、緊張して眠れないんだけど。

「……よし、決めました」

「何を？」

「なんでもないっす。センパイ、おやすみなさい」

「お、おやすみ……？」

いったい何をそんなに意気込んでいるんだろう。

清坂さんは目を閉じると、ものの数秒で寝息を立てる。

頭の中にちょっとしたもやもやを抱えつつ、俺も眠気に身を任せて眠りについた。

…………。

……………………。

……ん……あれ、なんだろうこの匂い……なんか妙な匂いというか、違和感のある匂いがする気が……。

寝ぼけ眼で時計を見ると、まだ朝の六時。起きるには少し早い時間帯だ。

それにしても変な匂いだ。どこかで怪しげなものを作ってるんだろうか。

「……あれ、清坂さん……？」

ベッドで寝てるはずの清坂さんがいない。でも昨日のように俺の隣で寝てるわけではない。

その代わり、何かリビングの方でがちゃがちゃと音が聞こえた。

なんだ？　清坂さんか？

布団から起き、リビングに続く扉を開ける。

と、そこには髪の毛をシュシュでまとめ、エプロンを身につけている清坂さんがいた。

「あっ、センパイ！　おはようございますっす！」

「あ、うん。おはよう、清坂さん。……何してるの？」

見ると、食卓には皿が並び、黒い何かが載っている。

それに、味噌汁っぽいものが入ったお椀。

これって……。

「まるで朝食みたいだけど」

「まるでじゃなくて、朝食っす！　センパイの朝ごはんっすよ！」

「……え？　朝ごはん？　俺の？」

「はいっす！　ささ、温かいうちにどうぞ！」

清坂さんが俺の背を押し、ソファに座らせる。

目の前には湯気の立ち上る朝ごはんが。

呆然とそれを見ていると、お玉を持った清坂さんが不安そうな顔をした。

「も、もしかして、嬉しくないっすか……？　勝手なことして、ご迷惑だったり……」

「……え。あ、いやっ、そんなことないよ！　ただ……起きて朝食があるのって、いつぶりだろうと思って」

当たり前だけど、一人暮らしを始めてからは朝食は自分で用意していた。

しかもほとんどは前日の残り物か、たまにレトルトだった。

実家にいた時も、記憶にある限り料理を作ってもらった覚えはない。さすがに赤ん坊の時は作ってくれてたと思うけど、小学校三年生以降は基本的にあり合わせで作るか、前日の残り物を食べていた。

起きて、温かい朝食がある。それだけで心が揺さぶられるような気持ちになる。

しかし清坂さんは、俺の言葉が引っかかったのか首を傾げた。

「え？　でもセンパイ、家の方では……」

「……まあ何かとあってね」

この辺はいろいろ察してくれると助かるかな。

一人暮らしの条件は学年上位十位をキープすること、とか言ってくるご家庭ですから。

清坂さんは「しまった」といった顔になり、気まずそうに顔を俯かせた。

「……あー。じゃ、じゃあ、いただいてもいいかな？」

「は、はい！　ど、どうぞっす！」

何故か丁寧にお箸を差し出してきた。

それを受け取り、手を合わせていただきます。

とりあえず白米を。ぱく、もぐもぐ。……ふむ……。

次に味噌汁。ずずずー。

次に謎の黒いもの。ぱく。

「ど、どうっすか……？」

「うん、美味(おい)しいよ」

「ほんとっすか!? やったー！」

ご飯は生煮(なまに)えだし、味噌汁はお湯に味噌を溶いた汁だし、この黒いもの（恐らく目玉焼き）は異様に苦いけど。

それでも、俺のために作ってくれただけでこの世の全てに勝るほど美味(うま)い。

「それじゃあ私も。いただきまーす、あむ。ぶーーーーっ!?」

あ。

「げほっ！　げほっ！　な、なんすかこの味噌汁！　うっすい味噌味の汁じゃないっすか！　誰っすかこれ作ったの！」

「はい、鏡」

「あらやだ、美少女。って、そうじゃねーっす！」

ナイスノリツッコミ。センスあるね。

清坂さんは白米を食べてなんとも言えない顔をし、目玉焼き（？）を食べて顔をしかめた。

まあうん、そんな顔にもなるよねぇ。申し訳ないけど、その気持ちもわかる味だ。

清坂さん、朝食を摂らないって言ってたから、自分では食べないと思って優しめに評価をしたけど……ちょっと油断した。

「清坂さん、朝食食べないんじゃなかったの？」

「つ、作ってたら、何だか食べたくなっちゃって……って、そうじゃないっす！」

バンッ！　とテーブルを叩き、手をこっちに伸ばしてきた。

はて、なぜ手を伸ばしてるのだろう。

首を傾げ、ずずーと味噌を溶いた汁をすする。うむ、味噌味のお湯だ。

「ちょ、センパイ！　こうやって手を出してるんだから、食べないでください！　全部クソマズじゃないっすか！」

「いやだ。清坂さんが俺のために作ってくれたんだから、全部食べるぞ」

「なぜここで男気を!?」

身を乗り出して俺の箸を奪おうとしてくる。

そ、そんなに前のめりになると、胸元がっつり開いちゃってるんだけど！　てかまた俺のシャツ着てるし！

「ちょっ、清坂さんっ。前、前！」

「私のおっぱいがボロロンする前に渡した方がいいっすよ！」

「だから自分のことを人質にするのやめなさい！」

って、それじゃあ俺しか得しないじゃん！　渡さなかったらボロロンするんでしょ!?

申し訳ないけど男の子として魅力的すぎるよ！

というか、俺の箸を取る前に皿を片付けた方が早いんじゃ!?

そんなことに気付かず、ぐーっと手を伸ばしてくる。

「んーっ！　んーーーーっ……ぁっ……！」

「ッ！　清坂さん！」

バランスを崩した。当然下には朝食の載った皿がある。

やばいっ、危ない！

慌(あわ)てて清坂さんの脇に手を入れ、テーブルに頭を突っ込むギリギリのところで抱きかかえた。

清坂さんの匂いとか感触とかが、一気に俺のいろんな部分を刺激してくる。精神とか、神経とか、男心とか。

それに、めっちゃ顔が近くなった。やばい。綺麗、可愛い。心臓がめっちゃうるさい。

頬を染め、呆然としている清坂さん。

俺も動けず、呆然とした。

「……ぁ、ありがと……す……」

「い、いや、こっちこそ、なんかゴメン……」

なんとか清坂さんを立たせると、どちらともなく背を向けた。

子供っぽいことしちゃったな。反省だ。

気まずい空気を散らすために、とりあえず気になってたことを聞くことにした。

「え、と……な、なんで急に朝食作ってくれたの？　料理の出来を見るからに、苦手というかやったことなさそうだけど……」

　とりあえず座り直し、改めてテーブルの上を見る。

　生煮えの米とか久々に食べた。俺も昔、似た感じで失敗してるんだよね。いやー、懐かしい。

　指をもじもじさせた清坂さんは、言いづらそうにチラチラこっちを見てくる。まるで悪いことが親にバレた子供みたいだ。別に悪いことじゃないし、詰問してるわけでもないんだけど。

「その、えと……私がこの家に来て、もうだいぶ経つじゃないっすか」

「だいぶというか、数日だけどね」

「私にとってはだいぶなんですっ」

　まあ、時間感覚は人によって違うけどさ。

「センパイって、バイトのない日は家に帰ると勉強してるじゃないっすか。その上料理とか、最近だと私の分も作ってくれたり……」

「確かに清坂さんの分も作るようになったけど、料理の一人分も二人分も変わらないよ」

「バイトがある日も、帰って来たら料理して、ちょっと勉強して、私と寝て……センパイ、超頑張ってるっす。めちゃめちゃすごいっす。尊敬するっす」

「そんな大袈裟な」

「大袈裟じゃないっす！」

　清坂さんはちょっと声を張り上げ、シャツの裾を握った。

その体勢、シャツが張りついてちょっとえっちぃことになってるからやめてほしい、切実に。

「昔、おばあちゃんが言ってたのを思い出したっす。当たり前のことを、当たり前にできる人がすごいって……私、どうして今まで忘れてたんだろうって……」

「……いいおばあちゃんだね」

「はいっす。身内で一番好きっす」

清坂さんは恥ずかしそうに頬を掻き、悲しそうな目で料理を見た。

「私は当たり前のことができてないっす。学校もすぐサボるし、勉強もできないし、料理もできない。バイトもしてないっすし、センパイが頑張ってる間もダチと遊んだりしてて……ちょっと、恥ずかしくなったっていうか……」

ふむ……清坂さんの言いたいことは、なんとなくわかった。

でも、これだけは言える。

「それは違うよ、清坂さん」

「……違う？　何が違うんすか？」

「別にサボっても、勉強できなくても、料理できなくても、夜遅くまで友達と遊んでも。それは恥ずかしがることじゃない。清坂さんがやりたいようにやってるんだから、恥ずかしいことじゃないよ」

「で、でもセンパイは……」

「俺は俺のやりたいようにやってる。清坂さんだってそうでしょ？」

「……うす……」

「なら、それでいいんだよ。人の道を踏み外さなければ、人間は自由な生き物だから」

道を踏み外してないからって、あんまりやりすぎてもダメだけど。

その辺は周りの人間が正してあげればいい。この場合は、俺が正そう。

手始めに、この料理の腕は若干人(じゃっかん)から外れつつあるので。

「でも、清坂さんがどうしても料理を覚えたかったり、勉強を見てほしかったりするなら、少しなら手伝えるよ」

「ホントっすか!?　わ、私、やりたいっす！　料理も勉強も頑張って、センパイのお役に立ちたいっす！」

ふむ？　なんで俺の役に立ちたいのかはわからないけど、清坂さんがやる気なら俺も全力でサポートしよう。

「とにかく、まずはご飯の炊き方からだね」

「う、精進(しょうじん)しますっす……」

◆

翌日の放課後。今日はバイトもなく、悠大(ゆうだい)と遊ぶ約束もない。

だからちょっと用事があり、駅前の百貨店に向かった。

高級ブランドを扱うショップから量販店まで入っている百貨店は、この辺の若者にとって憩(いこ)いの場所である。

今日はラノベの新刊が出る日だ。こういう日は、帰る前に一度本屋に立ち寄るのが習慣になっている。

「お、あった」

さすが大人気シリーズ。初日から平積みの量が半端(はんぱ)じゃない。

それを手に取ってレジに向かおうとすると、見慣れた後ろ姿を見つけた。

清坂(すみか)さんだ。隣には天内(あまない)さんもいる。

「純夏が本買うなんて珍しーね。何買うんー?」

「んー、料理の本」

「「え?」」

天内さんと声が被(かぶ)ってしまった。

思わず棚の陰に隠れると、二人が首を傾げてこっちを見ていた。が、すぐに興味を失ったみたいに歩いていく。

今、聞き間違いじゃなければ、料理の本って言ってたよな……?

こそこそと本棚に隠れるように二人の後をついていくと、天内さんが驚いたように清坂さんの腕に抱き着いた。

「純夏が料理って、どーしたのさ」

「まあ、いろいろ思うところがあってね。作ってみたいというか」

「おーん？　まさか男かー？　男なのかー？」

天内さんが清坂さんの頬をつついてニヤニヤする。

が、清坂さんは恥ずかしそうに口元に手を当て――小さく、頷いた。

「ぇ……す、純夏……まさかっ、付き合ってるん⁉」

「ばっ！　ち、違っ……！　お、お世話になってるから、作ってあげたいだけ！　ホント、それだけ！」

「ほんとーかぁー？　ほんとーかぁーーー？」

「ほ、ホントだし！」

清坂さんはレシピ本を手に取り、それをそっと撫でた。

「その人、凄く頑張ってんの。でも褒めてくれる人がいないんだって。だから私が美味しいご飯食べさせて、偉い偉いしてあげるんだ」

「……そう。あの面倒くさがりの純夏がねぇ〜」

「それももう卒業！　……できれば」

「にしし。それなら、こっちの肉のほーがよくない？　男なら肉食わせときゃいいっしょ」

「えー？　こっちの〝じょーつよそー〟の方が、栄養ありそうじゃん？　なんか強そうだしっ」

二人がやいのやいのやってるのを見て、俺は急いでその場を離れた。

こっそり新刊の会計を済ませ、清坂さんにバレないうちに百貨店を出る。

百貨店近くの公園に立ち寄り、ようやく、溜まっていた息を深々と吐いた。

「……くそ……」

反則だろ、あんな可愛いの。顔あっついわ。

まさか清坂さんが、あんなことを考えてるなんて……まさかまさかだ。別に誰かに褒められたくてやってるわけじゃないのに、そんなふうに思ってくれてるなんて。

嬉しいような、恥ずかしいような。俺も清坂さんにお礼したいな。でも何を返せばいいのか……あ、そういえば、清坂さんの好きなスクシェアミっていう化粧品が売られるとか……ふむ、とりあえずあの人に聞きに行くか。

買ったラノベを鞄にしまい、急いで帰路についた。

あと清坂さん。あれは滋養強壮って読むのであって、決して強そうなものじゃないからね。


「え？　スクシェアミのコスメについて教えてほしい、ですか？」

急いで家に帰ると、隣に住む白百合さんのもとを訪ねた。

白百合さんの生活リズムは、隣にいるからだいたい把握している。木曜日の午後は家にいて、昼酒を楽しんでいるのが日課だ。

あ、もちろんストーカー的な感じではなく、ただ騒がしいから知ってるだけだぞ。そこのところ、間違えないように。

案の定家にいた白百合さんは、既にビールを三本も空けていた。

ほろ酔い気味なのか目はとろんとし、ワイシャツの前が大きくはだけている。

少しゆったりとしたショートパンツで、膝を立てて座ってるからちょっといけない部分まで見えちゃってるが、それももう慣れた。

でもガン見することはせず、そっと視線を外して咳払いをした。

「はい。明日新作の発売日なんですよね？」

「そーだけど……あ、もしかして純夏ちゃんに買ってあげるの？」

「邪推しないでください」

「ごめんなさい」

くすくす笑い、四本目のビールを空にする。

相変わらず、飲むペースが早いこと。

「教えてあげてもいいけどぉ、対価は払ってもらいますよぉ～」

伸ばしてきた足で、俺の脇腹をつーっとなぞる。それ、背筋がゾクゾクするからやめてください、切実に。

それにしてもやっぱり対価を要求されたか。だからあんまり頼りたくはなかったんだけどな。

白百合さんに頼みごとをする時は、何かしらの対価を払う必要がある。

素面の時は優しいけど、酔ってると何を対価として支払うのかはその時の気分によるのだ。

前回は一晩中酒の肴を作ってたっけ……あの時は、しばらく料理が嫌になったな。

「むふー。私、最近体中が凝ってるんですよねぇ～。一時間の全身マッサージで手を打ちましょ～」

「……何をご所望で？」

え……意外だ。そんなのでいいのか？

キョトンとしていると、白百合さんはムッとした顔になった。

「なんですか～？　ご不満ですか～？」

「そ、そうじゃなくて……それくらいで教えてくれるのかと思って」

「あ、なるほどですね。ふふ、これは青春を送っている君への私からのプレゼントで～す」

べ、別に青春なんてもんじゃない。

単に、俺のことを考えてくれてる清坂さんへのお礼だ。

白百合さんは床に寝そべると、脚をパタパタと動かした。

「さてさて、まずは肩からしてもらいましょーかね」

「わかりました」

白百合さんの横に跪き、手を伸ばす。

が、しかし。

「んー？　海斗君、どーしましたー？」

「い、いや。冷静に考えると、男女が二人きりの部屋の中でマッサージってどうかと思いまして……」

「どーてー」

「んなっ!?　白百合さんこそ処女じゃないですか！」

「ちょ、どこから聞いたのそれ!?」

「この間酔ってた時に、『処女でわりーかコノヤロー！』って叫んでました」

「覚えてませーん！　そんなの覚えてないでーす！」

耳を塞（ふさ）いでわーわー叫ぶ白百合さん。

さっきまでの大人の女性っぽい余裕はどこへやら。

「いじわるする海斗君には、スクシェアミの情報は渡しませーん」

「ご無体な!?」

「じゃあ言うことは？」

「ぐっ……ごめんなさい」

「はい、よろしい」

なんで俺が謝ってるんだろうか。先に未体験なのをからかってきたのは白百合さんなのに。

「それじゃ、よろしくお願いしまーす」

「……わかりました」

背に腹は代えられん。いざ。

なるべく力を入れず、ゆっくりと白百合さんの肩に手を添える。

「んっ」

「あっ。ご、ごめんなさ……！」

「だ、大丈夫です。ちょっとビックリしただけで。さあ、続きを」

「は、はい」

ゆっくり力を加えると、柔らかい肉の下に確かに硬いしこりがあった。

これ、結構凝ってるな。男の俺が押してもかなり硬い。

「白百合さん、もう少し力を入れますよ」

「は、はい。んっ……ぁぁ……！」

「この辺とかどうです？」

「すっ……ごぃ……！」

ふむふむ。マッサージには慣れてないけど、これくらい凝ってると俺のマッサージでも効果的みたいだ。

聞きかじった知識しかないけど、とにかく凝っている部分を重点的に攻める。

肩、首回り、肩甲骨（けんこうこつ）、背中、腰。

全身凝っていると言うだけあって、どこを揉（も）んでもガチガチだ。

でも、なんだか楽しくなってきた。ほれ。

「あぁっ……！　んんん……！」

「こことかどうです？」

「ひぅっ！　きくぅ……！」

「うわ。ここと か、凄いこりこりしてますよ。かった」

「も、もうっ。もうらめ……！」

「いえいえ、まだ上半身ですよ。次は脚を……」

「もういい！　もういいからっ！　もう許してぇ～！」

◆

「ふぅ。楽しかった」

一時間。しっかりと全身をほぐさせてもらった。

なんか楽しかった。俺、こっちの才能があるのかも。

あ、もちろん触っちゃいけないところには触ってないぞ。その辺の分別は弁えてる。

袖で汗を拭うと、足元で痙攣している白百合さんが。

はて、どうしたんだろうか？

「く、くぅ……！　海斗君のくせに、私を手籠めにするなんてぇ……！」

「俺のくせにって」

随分な言いようだな。せっかくマッサージしてあげたのに。

「か、海斗君、Sの素質ありますよ、本当……」

「ははは。大袈裟ですね」

「大袈裟ではないのですが……でも体が軽くなったのは確かです。ありがとうございました」

「いえいえ。それで、約束の件は……」

「わかってますよ。後でメッセージで、オススメのコスメを送っておきますね」

「あ、ありがとうございますっ」

よかった。一時間のマッサージってかなり疲れるから、もう一度って言われたらどうしようかと思った。

再度白百合さんにお礼を言い、隣の自分の部屋へと戻った。

部屋に戻ると、清坂さんの靴が置いてある。どうやら先に帰ってきてたみたいだ。

「ただいまー」

ふむ……ただいま、か。改めて思うけど、こういう挨拶(あいさつ)っていつぶりだろうか。ちょっと嬉しい。顔がにやける。

けど……あれ？　一向に返事が返ってこないな。どうしたんだろう。いつもは飼い主の帰りを喜ぶ犬みたいに飛んでくるのに。寝てるのかな？

廊下を抜け、起こさないようにリビングの扉をそっと開ける。

あ、いた。起きてるな。

でも……壁に耳を当てて、もぞもぞしてるけど、何してるんだろう？　しかもあのワイシャツ、俺のだし。あ、それはいつも通りか。

清坂さんは顔を赤くして、俺が入ってきたことにも気付いていないみたいだ。

「ゎ、すご……ぇ、こんな……んっ、ぁ……！」

「ただいま」

「にゃあああぁぁぁぁっっっ!?!?!?」

うわっ!?　な、何!?　いきなり大声出してどうした!?

ようやく俺が帰ってきたことに気付いたのか、シャツの裾を掴んで後退(あとずさ)った。

顔も真っ赤だし、なんなら目もうっすらと潤(うる)んでいる。明らかにいつもと様子が違う。本当、どしたの？

「ぁっ！　せ、センパイしーっ！　しーっ……！」

「いや、うるさいのは清坂さんだけなんだけど」

「い、いいからこっち来てくださいっす……！」

と、腕を掴まれて壁とは反対側に引っ張られた。壁に何があるんだろうか。

清坂さんは興奮しているのか、腕をわちゃわちゃぶんぶん振って何かを伝えようとしている。

「あ、のっ！　えと……！」

「どうどう。まずは深呼吸をして落ち着こう。はい、吸ってー」

「すー」

「吸ってー。吸ってー。吸ってー」

「すー。すー。すー……」

「止めて」

「むっ」

お、素直に止めた。しかもちゃんと手で口を覆って。

「…………………～～～っ！　ぷはっ！　な、何させるんですか！」

「いや、まさか律儀に言うことを聞いてくれるとは思わなくて。それで、いったいどうしたの？」

「……あっ。そうでした！」

おい、本題を忘れてたのか。

清坂さんはまたばたばたと手を振って、壁の方を指さした。

「センパイ、びっくりです！　驚きです！」

「だから何が」

「な、なんとですね、あの清楚ギャルさんがさっきまで男を連れ込んでたんすよ……！」

……へ？　清楚ギャルさん？

「それって、白百合さん？」

「そうっす！　さっきまで喘ぎ声が凄かったっす！　男が帰った今も、喘ぎ声が半端ないっす！　間違いなく淫乱っす！　えっちです！」

喘ぎ声連発やめれ。あとそういう際どい下ネタ、男の俺の方が恥ずかしいから。

でも……おかしいな。さっきまで白百合さんと一緒にいたのは俺だ。それなのに男といるって、なんのトンチだろうか。

あと白百合さんは処女で今も彼氏はいないはず。ううん……あ。

「それ、俺かも」

「……え？」

俺の言葉に呆然とする清坂さん。信じられないものを見るような目で見てくる。

「いや、さっきまで白百合さんと一緒にいてさ」

「……なんすか、それ……」

「き、清坂さん……？」

突然俯いてしまった。ど、どしたの？

「つまり海斗センパイは、清楚ギャルさんという極上の彼女がいながら、私を部屋に泊めてたんすか……？」

「き、清坂さん、何か勘違いしてないか？　別に俺は白百合さんと付き合ってないよ」

「じゃあさっきの喘ぎ声はなんすか！」

それは俺が聞きたいんだが。

「えっち！　変態！　不潔！　付き合ってもないのにあんな喘ぎ声……！　見損なったっす、センパイ！」

「待て待て。どんな関係を想像してるんだ」

「そんなの、彼女じゃなければセフ――」

「断じて違う!!」

酔ったあの人の本性を知ってるから言えるが、彼女でもなければ肉体関係もない！

「じゃあ何してたんすか！」

「何って、マッサージだけど」

「……ふぇ……？」

急に冷静になったな。

キョトン顔で壁と俺を交互に見る。おい、そんなに首振ると取れちゃうぞ。

「そ、そんなの嘘っす！　どうせえっちなマッサージだったに決まってます！」

「いや、健全なマッサージだよ」

「ふーん！　信じないっす！　健全なマッサージであんな声出ないっす！　それが本当なら、私で実演してみてほしいっす！」

えぇ……まあいいけど。

「疲れてるから、三十分だけな」

「どーぞっす！」

三十分後。

「………」

清坂さんは、フローリングの上で痙攣してぶっ倒れていた。

「だ、大丈夫……？」

「だ、だいじょばないっす……センパイ、Sの素質あるっす……」

白百合さんにも言われたけど、大袈裟だな。

しばらくして復活した清坂さんは、ソファに座って甘々ミルクコーヒーを飲んでようやく落ち着いた。

「センパイ、ごめんなさいでした。疑っちゃったっす」

「いや、大丈夫だよ」

「センパイが童貞でそういうことをする度胸がないって知ってたのに、私ったら……」

「事実だけど傷つくからやめて」

でもまさか、二人して太鼓判を押してくれるとは思わなかった。

将来はそっち方面の仕事も視野に入れてもいいかも。

清坂さんはぐっと伸びをすると、すっきりしたように胸を持ち上げた。

「それにしても、体が凄く軽くなったっす！　私おっぱい大きいので、肩凝りとか酷(ひど)かったんすよね！」

「持ち上げるな持ち上げるな」

確かに高校生離れしてるけど。目のやり場に困るから。

「これからは定期的にしてほしいくらいっす」

「え、定期的にするの？」

「はいっす！　ソフレとして、添い寝相手のご機嫌と快眠を保つのは当たり前のことっす！」

それどこの星の常識？？

「なら、清坂さんは俺にどんなことをしてくれるの？」

「はい？」

「ご機嫌と快眠」

「あー、そっか。その理論だと私の方にも当てはまるんすね。むむむ」

腕を組んで悩み、悩み、悩み。

ぴこん。何か思いついたのか、目をキラキラさせた。

「ふふふ。センパイっ、センパイはいつも私と寝る時、いい思いをしてるじゃないですか！」

「え、何？」

「超絶美少女、純夏ちゃんと寝ることっすよ！」

横目ピースをし、アピールするように前屈(まえかが)みになった。

ちゃっかりしてるな、本当。まあ間違ってはないけどさ。

そっとため息をついてると、あることが疑問になって頭を過(よぎ)った。

「ところで、さっき壁に耳当てて何してたの？」

「あ……ちょ、ちょっと手を洗ってくるっす……」

？？？？？

しばらく待っていると、清坂さんが気まずそうな顔で戻ってきた。いや、本当に何してたんだろう。……聞いちゃいけない気がするから、この件は深掘りしないでおくけど。

というわけで、約束通り清坂さんに料理を教えるため、俺たちはキッチンにいる。

「それじゃ、今日から料理を少しずつ教えていきます」

「はい、センセー！　手もしっかり洗いました！」

清坂さん、敬礼までしてやる気満々だ。

でも手洗いを強調してるのは何故だろう。

「今日はまず、お米の炊き方からです」

「了解です！」

「だから包丁はしまおうね」

「料理には包丁がいるんじゃないんすか？」

「今回は必要ないから、とりあえずしまってね」

「あーい」

お米を炊くのに、どこで包丁を使う気でいたんだろう。

というか、今朝のお米は包丁で研いだのかな？

「さて、まずは……」

「あ、ちょっと待ってくださいっす！」

清坂さんは思い出したかのようにリビングに向かうと、紙袋に入った何かを取り出した。

ハサミでタグを切り、ウキウキ顔でそれを身につける。

──そう、エプロンだった。

全体に白い水玉模様が描かれた水色のエプロンで、清坂さんの空色の瞳によく合っていた。

俺のワイシャツの上から身につけているから、なんとなく事後に彼のシャツを着て料理をしてる感が強い。全人類の憧れだ（俺調べ）。

「ふふん、どうです？　似合うっすか？」

「うん。可愛い」

「うっ……こ、こんなどストレートに褒められると、照れるっすね。……あ、ありがとうございます」

清坂さんは頬を掻いて、にへーっと笑う。

ホント、表情豊かな子だ。

「それじゃ、まずはお釜に二合くらい入れようか」

「はいっす！」

カップを使い、米びつに入った米を山のように盛ってお釜に……。

「ストップ」

「あい？」

「お米の一合は、カップにすり切り一杯で一合なんだ。山のように盛って、指で余分を落とす。これで一合だよ」

「ほへー。なるほどー」

ボケでもなく、本当に知らなかったみたいだ。

感心したようにメモまで取っている。可愛らしい丸文字の上に、イラスト付き。しかも相当上手い。

「清坂さん、イラスト上手だね」

「えへへ。授業中の練習の賜物っす」

「サラッと授業聞いてない発言をするな」

まったく、この子は……。

「次にお米を研ぎます。研ぐには三つの工程があって、汚れ取り、研ぎ、すすぎがあります」

「結構手間っすね」

「まあ、だいたいは研ぎだけで終わる場合が多いけどね。俺は美味しく食べたいし、手間は惜しみたくないから」

「むむっ、わかりましたっす。私もセンパイのために、頑張るっす……！」

一生懸命メモを取る清坂さん。

なんだか親の教えることを一生懸命聞く子供みたいだ。

そんな清坂さんを微笑ましく思っていると、俺の視線に気付いて首を傾げた。

「な、なんすか？　私の顔に何か付いてるっすか？」

「いや、気にしないで。ちょっと微笑ましかっただけだから」

「なんか馬鹿にされてます、私？」

「そんなことはないよ。さ、やってみようか」

「うやむやにされた気分っす……あい、わかりました」

腕まくりをし、言われた通りに米を研いでいく。

不慣れだけど一生懸命やっているな。感心感心。

「おお、白濁液が出てきました」

「白濁液言うな」

今日の清坂さん、下ネタが酷いな。

「これ、どれくらいやればいいんすか?」

「水が少し濁るくらいまでだね。あまり研ぎすぎると、旨味のないご飯になっちゃうから」

「なるほどです」

水を入れ替えて、何度か研いでいると。

「にゃっ⁉」

「わぷっ⁉」

水の勢いが強すぎて、俺に向かって水が飛んできた。

「あっ！　ご、ごめんなさいっす……！」

「い、いや、大丈夫。ただかかっただけだから」

「で、でもセンパイの顔に白濁液が……！」

「それ、冗談でも言うのはやめて」

男に使っていい言葉じゃないからねそれ。いや、女の子相手でもダメなんだけど。

清坂さんが研いでる間に、タオルでかかった水を拭く。

　ついでに床も拭いてっと。

「センパイ、できたっす！」

「……うん、いい感じだね。それじゃあ次は、お釜に水を入れて三十分放置します」

「放置っすか？」

「浸けておくと、ご飯が美味しく炊けるんだって」

「放置プレイで焦らされて興奮するドMみたいっすね」

「その喩えはどうかと思う」

　なんだろう。今日の清坂さん、ちょっと欲求不満なのかな？　さっきも壁に耳を付けてソワソワしてたし。

　……いや、こういうのは言わない方がいいだろう。清坂さんも生きている。そういう日もあるだろうさ。

　当然だが、俺もそういう日がないと言えば嘘になる。というか清坂さんが家に来てから、満足にできていないのが現状だ。その辺もどうにか解決しなければ。

「センパイ？　センパーイ？」

「っ。な、なに？」

「いや、ぼーっとしてどうしたのかなと。やっぱお疲れです？　あ、そうだ！　今度は私がマッサージします！」

「えっ。いやいいよ……！」

「まあまあ。センパイ、お疲れっすよね？　時間もありますから、純夏ちゃんがいろんなところを揉んであげますよ♪」

清坂さんに連れられて寝室に入ると、数日ぶりにベッドに横になった。というより押し倒された。

もう俺の匂いより、清坂さんの匂いが染み付いてる。全て清坂さん。やばい、これはやばい。

清坂さんは俺の上に跨ると、俺の胸板に手を添えた。

「さあセンパイ。私がいっぱい気持ちよくさせてあげますからね」

なんでいちいちえっちぃ感じで言ってくるの!?

てか跨らないで！　特にその辺！　今アレな状態だから！

「ま、待って……！　やるのはいい、だけどうつ伏せにさせてっ！　仰向けだとマッサージできないでしょ……！」

「あ、それもそっすね。それじゃあセンパイ、ごろーんしてくださいっす」

僅かに腰を浮かせ、その隙にうつ伏せになる。

あ、危なかった。死ぬかと思った。社会的に。

「それじゃ、行くっすよー」

背中に手が添えられる。

いつも手を繋いで寝てるけど、本当に小さいな、清坂さんの手。

「うんしょ、うんしょ」

……それにしても、力が弱い。びっくりするほど弱い。

でもその弱さが心地よくて……なんだか眠気が……。

あぁ……おち……る……すゃ。

…………。

「……ん……ぁれ、俺……」

あぁ、そうか。清坂さんにマッサージされて、寝落ちしちゃったのか、俺。

部屋の時計の針は、十八時半を指している。寝落ちして、ちょうど三十分くらい経ったみたいだ。

さすが俺の体内時計。グッジョブ。

さて、起きて続きを……ん、あれ？　右腕が動かないな……いや、待て。これ前にもあったな。あったよな。

ゆっくり顔を右側に動かす。

……いた、清坂さんだ。

しかも前より近い。というか近すぎ。え、やば、これ普通にキスできるんだけど。いやしないけどね。

しかもこの腕の極上の感触は何度抱き着かれても慣れない。これが高校生？　マジ？

「んんぅ……ぅゅ……？」

「あ、起き――」

「あ、せんぱぁぃ……むぎゅー」

ちょっ!?

寝惚けているのか、さらに力を入れて抱き着いてきた……!

その拍子に鼻先と鼻先の当たるエスキモーキスッ！　それほどの近さッ！

し、心臓がうるさいっ。いやでもこれはわかるでしょ！　この状況は心臓が持たない……！

なんとか顔だけでも反対側を向き、とりあえず寝たフリをする。

モゾモゾとした動きで、ダイレクトに柔らかさが伝わってくる。というか腕が挟まれてやばい。あれ？　最近やばいしか言ってない気が。

俺の腕、決して太くはないけど細くもないんだけど。それを挟むって何？　何ごと？

「むゅ……？　ふあぁ～、よく寝た……！　……はれ、ここは……？　……ゎっ。ま、また私、寝落ちして……！」

お、起きたか。よかった、早く離れてください……！

「センパイ、起きてるっすか？」

「すぅ……すぅ……」

「センパーイ？　まだ寝てるっすか？」

「すぅ……すぅ……」

寝てまーす。寝てますからー。

「……つんつん」

「ぅ……すぅ、すぅ……」

「……つんつんつーん」

頬つんつんしてくるのマジでやめてくれないかな。

と、つんつんが止まった。そのまま頭をゆっくり撫でてきた。

「……センパイって、本当に優しいっすよね……こんな私を家に置いて、事情もあれこれ聞かないでくれてて」

……別に、深い意味はない。

下手に踏み込んで、相手がそれで傷つくのが嫌だから。面倒事に巻き込まれたくないから。

本当、それだけなんだ。

だから俺は、優しくもなんともない。ただ面倒事が嫌いな、普通の男なんだよ。

「でも、こんなえっちな体の私と添い寝して手を出さないの、人としてどうかと思うっす。もしかして不能？」

おいコラ。

「冗談っす。センパイのセンパイが元気なことは、もう確認済みっすから」

いつ!?　いつ確認したの!?　ねえいつ!?

「ふふ。でもそんな優しいセンパイだから、私もソフレを提案したんす。安心して傍にいれて、安心して熟睡できる……ふふ。こんなこと、本当に初めてっす」

清坂さんの手が止まり、ゆっくり体から温もりが離れていった。

よ、よかった、起きてるのに気付かれなくて。

が、ベッドの傍に清坂さんの気配を感じた。

目は開けられないからわからないけど、多分、顔の近くに跪いていると思う。

「でも、センパイは頑張りすぎっす。私の前では、あんまり気負わないでくださいっす。……頑張らなさすぎの私が言っても、説得力はないと思うっすけど」

そんなことはない。清坂さんが頑張ろうとしてるのは、俺がよくわかってる。

だから、そんな悲しそうな声を出さないでくれ。

「私、もっともっと頑張るっす。お料理も、可愛さも。……勉強も、ちょっと頑張るっす。それで、センパイを安心させて、私がセンパイをたくさん甘やかしてあげるっす」

そんなことはない。今も俺は、清坂さんに助けられてる。清坂さんがいつも笑顔だから、俺も笑顔でいられる。

「それじゃ、私行きますね。起きたら美味しいご飯が待ってるっすよ、センパイ♪」

とたとたとた、ぱたん。

「……ぶはっ……！」

た、助かった……本当に助かった。

あそこで我慢できずに起きてたら、気まずいどころの話じゃなかった。

全身の圧迫感を逃がすべく、横向きになってそのまま寝続ける。

さっきまで清坂さんのいた場所、温かいな……って、俺は変態か。

とりあえず、今はいろんなところの血流が収まるまで、もう少しこのままでいさせてもらいます、はい。

結局、起きたのはさらに一時間後。

ようやく血流が収まって起きると、清坂さんがソファで懸命に何かを見ていた。

俺が起きたことすら気付かないほど集中してる。

チラッと見てみると、今日買ったと思しきレシピ本を熟読していた。

すごい集中力だ……これは、気付かないフリをしてあげるべきかな。

わざとらしく伸びと欠伸をすると、清坂さんは慌てたように雑誌を鞄の中にしまった。

「清坂さん、おはよ。ごめんね、寝ちゃって」

「い、いえっ、大丈夫です！　……あの、センパイ。見ましたか……？」

「何を？」

「い、いえっ！　なんでもないっす！」

頭を振って愛想笑いを浮かべる清坂さん。

そんな清坂さんを見て、首を傾げる。気付いてはいるけど、一応ね。

と、ちょうどその時、炊飯器からメロディが鳴り響いた。どうやらタイミングよく炊けてくれたみたい。

俺がキッチンに向かうと、清坂さんもウキウキ顔でついてきた。

さあ、オープン。

「お……おおっ！　炊けてる！」

「うん。いい感じだね」

出来立てのご飯を、しゃもじで切るようにして混ぜる。

立ち上る湯気から漂うお米の甘い香り……堪らん。

二人でスプーンを使ってご飯を掬い、一口ぱくり。

「んーーーーッ！　美味しいっす！　センパイ、センパイ！」

「うん、美味しいよ」

「ですよね!?　いえーい！　免許皆伝っすー！」

そこまでは言ってない。

さて、もう時刻も十九時を回った。そろそろ夕食にしないと。

「それじゃあ今から煮魚作るから、清坂さんはテーブルの準備お願いね」

「おっす！」

嬉しそうにテーブルを準備する清坂さん。

そんな彼女の様子を見て、思わず口元が緩んだ。

お腹も空いてるだろうし、早く作ってあげよう。

俺はエプロンを付け、冷蔵庫にしまっていたカレイを取り出した。

◆

「いやぁ、美味かったっすね、センパイ！」

「うん。ご飯もいい具合に炊けてたよ」

「ぬへへ。そんな褒めないでくださいよぉ～」

夕食を終え、食器を片付け終えた俺たちは、思い思いの時間を過ごしていた。

俺はいつも通り勉強を。

清坂さんはソファに横になり、スマホを弄っている。

ちょいちょい話せば無言が続き、またちょいちょい話して無言になる。

でも、この沈黙が嫌じゃない。

スマホを弄る音と、シャーペンが擦れる音だけが聞こえ。

いつもは一人だった勉強時間だったけど、傍に誰かいてくれるだけで心地いい。

俺は無音で勉強するより、音楽やラジオを聞いて集中できる方だ。だからこうしてちょっとしたことで話しかけてくれると、それだけで勉強が捗る。

それに少し寝たおかげで、脳みそがスッキリしている。やはり睡眠。睡眠は全てを解決する。

過言か。過言ですね。

そのまま集中することしばし。学校から課された宿題も、あらかた終わったな。ちょっと休憩するか。

シャーペンを置いて腰を伸ばす。

と、目の前に冷たい飲み物の入ったコップが置かれた。

「はい、センパイ。麦茶っす」

「ありがとう。ナイスタイミング」

「えへへ。ずっとセンパイのこと見てますから。最近は、どのタイミングで休憩に入るのかもわかるようになりました」

え、そんな見られてたの？　全然気付かなかった。

清坂さんも俺の前に座り、一緒に麦茶を飲んで一息つく。

「はふ……美味しい」

「いつもの麦茶っすよ？」

「いつもの麦茶でも、こうして一緒に飲んでくれる人が傍にいるだけで美味しく感じるもんだよ」

ご飯を食べるのも、お茶を飲むのも、テレビを見るのも。

全部が全部、一人じゃ寂(さび)しいものだ。

麦茶を見つめ、自分の意思とは関係なく言葉が口をついた。

「傍にいてくれる。それだけでいい」

脳裏に過(よぎ)るのは、家での光景。

誰もいない朝。誰もいない夜。当たり前に、いつも誰もいなかった。

たまに誰かいたとしても、無感情な目を向けられるだけの毎日。

テーブルの上に置いてあるのは、ちょっとしたお金。そして「努力しろ」という言葉の書かれた紙。

そんな家が嫌で、両親に人生で初めてわがままを言った。もっともらしい理由をつけて、一人暮らしさせてくれと。

けど、それでも両親は無感情な目で俺を見ていた。実の息子に向ける目ではない。それはハッキリと覚えている。

そうして、一人暮らしをして一年間。俺は実家に顔を出していない。

そんな時に現れた、清坂純夏。

心に空いていた穴にすっぽり収まるように、彼女は俺の傍にいてくれる。

天真爛漫(てんしんらんまん)に笑い、イタズラ好きで、子供っぽい。俺と同じ、ちょっと訳ありの女の子。

傷の舐(な)め合いというのだろうか。共依存というのだろうか。

でも、これだけは言える。そんな清坂さんが傍にいてくれるだけで……。

「感謝してるよ。……ありがとう」

真(ま)っ直(す)ぐ、清坂さんにお礼を言う。

清坂さんは、目を見開いて俺の言葉を受け止めてくれた。

……な、なんだか気恥しいな、これ。

目を逸(そ)らして頬を掻く。すると清坂さんは、ぽつりと口を開いた。

「……私、心配だったんです。センパイの善意でここにいさせてもらってますけど……実は凄く迷惑をかけてるんじゃないかって」

「最初はね。でも今は、俺が清坂さんを必要としてる」

「ズバリ言いますね」

「隠しても仕方ないから」

「……センパイらしいっす」

少し涙の溜まった目元を拭い、清らかな微笑みを向けてきた。

「私も……私も、センパイが必要です。センパイと一緒にいたいです」

「うん。気が済むまで、いつまでもいていいよ」

「……はいっ」

なんとなく、清坂さんとの距離が縮まった。そう感じた。

その後、いつも通り二十三時過ぎまで勉強し、二人で布団に入った。

当然清坂さんがベッド。俺が布団。手を繋ぎ、目を閉じる。

手の平から感じる、清坂さんの確かな存在。それが夜の寂しさを紛らわせる。

多分、清坂さんも同じことを感じてるだろう。

互いが互いを認識し、互いが安心する。もうこの関係にも慣れてきた。

時計の音が遠くに聞こえる。

眠気が波のように寄せては返す中、不意に清坂さんが「センパイ」と話しかけてきた。

「もう寝ちゃいました？」

「いや、まだだよ」

「……どうしましょう。私、眠れそうにありません」

瞼を開けて、暗闇の中、清坂さんに視線を向ける。

目が暗さに慣れ、横向きに肘をついて俺を見下ろす清坂さんがはっきりと視認できた。

暑いのか、シャツが肩からずり落ちている。

鎖骨、デコルテ、谷間。全部が全部見えてしまい、暗闇のせいで淫靡な雰囲気を纏っているように感じられる。

そしてその表情は、興奮と期待が入り交じり、不安をアクセントにしたような艶かしいものだった。

思わず俺の心臓が跳ね上がり、そっと目を逸らした。

「だ、大丈夫？」

「うーん……ずっと胸がドキドキしてます」

「心不全？　不整脈？」

「言葉の意味はわからないっすけど、多分違います」

うん、俺もそれはないなと思った。

起き上がり、清坂さんの額に手を添える。……熱はなさそうだ。多分、何かしらの影響でいろんなことが頭の中を巡ってるんだろう。俺も不安になる時は、眠れなくなったりする。

と、清坂さんが俺の手を握り、頬に擦り寄せた。

スベスベでもちもち。今まで触ってきたものの中で、断トツに柔らかい感触だ。

「き、清坂さん……？」

「……センパイ、不思議です。こうしてると胸はドキドキするのに、心は落ち着くんです。甘えたくなります」

期待の籠った上目遣いが俺に注がれる。何に期待してるのかわからないけど、これは本当に、いろいろまずい。

生唾を飲み込み、気持ちを落ち着かせる。

くそ、心臓の音がうるさい。静まりたまえ！

「そ、そう。ならいつも通り、手を繋いで……わっ……！」

急に手を引かれ、清坂さんに覆い被さるように倒れ込んだ。

ギリギリのところで手をついて潰しはしなかったけど、距離がかなり近い。いや、近すぎる。

でもキョドってるのは俺だけなのか、清坂さんは俺の首に腕を回してきた。

「きっ、きっ、きよっ……!?」

「ねえセンパイ。そろそろ、ちゃんとしたソフレにならないっすか……？」

「……ちゃんとしたソフレ？」

なんだそれは。今まではちゃんとしてなかったのか？

「私、思うんすよ。確かに同じ部屋で寝ている。だけど布団が違くて手を繋いで寝てるだけって、ソフレって言えるんでしょうか？　そんなの、全国のソフレに失礼なんじゃないでしょうか？」

　全国のソフレってなに？　そんな一定数いるのか、ソフレって。

「えっと……つまり、何が言いたいのかな？」

「もうそろそろ、同じ布団で寝てもいいんじゃないでしょうか」

「アウト」

「なんでっすか！」

　なんでもクソもないわ！

　同じ布団で寝る？　何を言ってるんだこの子は！

「手を繋ぐだけでもギリギリなのに、同じベッドで寝るって無理でしょ……」

「無理じゃないです。ほら、こんなに触れ合っても、襲われる不安より一緒にいたい安心感が勝ってるっす。だから大丈夫です」

　何その根拠のない自信。俺だって思春期の男の子だぞ。狼にだってなれるんだぞ。

　……そんなことしたら、マジで人生からの一発退場になるだろうから、やらないけど。

「センパイ、自分の鋼（はがね）の意志に自信持っていいっすよ。私、一年の中では超モテるんです。誰にも手を出させたことはないっすけど……そんな私を前にしてこうして手を出さないなんて、そうそうできないっすよ」

「出せるか！　き、清坂さんは大切な……大切な……」

　と、そこから先が出てこなかった。

口がぱくぱくと動くだけで、言葉が上手く出せない。

あれ。清坂さんって、俺にとってどんな人なんだ……？

改めて口にしようとするけど……わからない。

友達とも違う。

恋人とも違う。

後輩とも違う。いや学校の後輩ではあるけど。

知り合い？　顔見知り？　知人？

——ソフレ。

「っ…………」

俺と清坂さんを形容する言葉はそれしかないことに、愕然とした。

どれだけ不純な関係なんだ、俺らは……。

清坂さんも同じことを考えているのか、苦笑いを浮かべていた。

でも、それもすぐ真剣な顔に変わる。

「お願いします、センパイ。ほんのちょっと、お試しでいいんですっ」

「で、でも……」

「お願いします」

清坂さんの腕に力が入る。

決して解けない拘束ではない。それなのに、俺はそれを振り解けないでいた。

「……そ、それじゃあ……お試しで……？」

「！　えへへっ。センパイ、ありがとうございます♪」

清坂さんがベッドの端に動き、スペースを開ける。

俺はなるべく隅に横になり、清坂さんとは反対の方を向いた。

なるべく意識しないように。

なるべく触れないように。

なるべく息を殺して。

そんな俺の背に、清坂さんの手が触れた。

もう何度も触ってきたからわかる。細く、小さく、柔らかい。

そんな感触に、思わず俺の体が硬直した。

「ふふふ。センパイ、緊張しすぎです」

「だ、だって……！」

「冗談です。……私も、緊張してます」

背中を捕まえるように、手に力が入る。

と、それ以外の感覚が伝わってきた。

多分、清坂さんの頭。マーキングをする犬のように、グリグリと擦り付けてくる。

「センパイの背中って、こうして見るとすごく大きいですね」

「そ、そう？」

「はい。私とはまったく違います」

「そりゃあ、男と女だから。体格の違いくらいある」

あと、そのグリグリもやめてくれると助かるんだけど。清坂さんを近くに感じすぎるから。

「手だけじゃない。こんなに近くにセンパイを感じる……しぁゎ……」

「……清坂さん？」

「………くかぁ……しゅぴぃ……」

即寝!?

ビックリするくらいの即寝だった。もしや緊張してたのって嘘だな？

はぁ……仕方ない。お試しで寝てあげたし、俺は布団に……。

グイッ、グイッ。

ん、あれ？　清坂さん、ちょ、握る力強っ。は、離れないんだけど……!?

「き、清坂さーん？　もしもーし？」

「すやぁ……」

即寝の上に爆睡って……俺、このまま朝まで寝るの……？

寝られるかなぁ……。

# 第四章

「えっ、風邪ひいちゃったんすか、センパイ!?」

翌日。もう登校時間になるのに、俺はマスクをつけて布団にくるまっていた。

俺の頭上に座り込む清坂さんは、すでに制服に着替えて準備万端。

おろおろしながら心配そうに見下ろしてくるが、超ド級のお胸様が揺れてとても目の保養ですありがとうございます。

「ちょ、ちょっと動けそうになくて。今日は休むよ」

「ま、まさか私のせいっすか？　私がお米洗ってた時に水をかけちゃったから……あっ、それとも連日の寝不足がたたって……!?」

「大丈夫、絶対清坂さんのせいじゃないから」

そんなに思いつめた顔させちゃって、逆に申し訳ないな。

「な、なら私も今日は休んで、看病を……！」

「できるの？」

「そ、そんなの……………………当然っすよ？」

めっちゃ目を逸らされた上に、タメが長い。

「まあできないのは知ってるから、あんまり気を落とさないで」

「ひ、ひどいっす！　……事実ですけど」

じゃあ安請け合いするな。

「俺はこのまま寝てるから、清坂さんは気にせず学校行きなさい」

「う……はいっす。でも、がっこー終わったら即帰ってくるんで！　おとなしく寝っててくださいね!?」

「うん。行ってらっしゃい」

清坂さんは心配顔で寝室を出ていく。

そこから三十分、たっぷりと横になり。

俺は勢いよく飛び起きた。

「はぁ、やれやれ。俺が学校をサボる日が来るなんてなぁ」

マスクを外して苦笑い。

高校三年間の無遅刻無欠席はもったいないけど、勉強よりも大事なことはあるからな。

メッセージアプリで悠大に休む旨の連絡と、休み明けにノートを見せてもらうことを約束し、外出用の服に着替える。

頭には帽子。あと一応マスクを付ける。完璧な変装だ。まったく怪しくない。……怪しくないよな？

　とにかく高校生だとバレないよう、俺は駅前の百貨店に向かった。

　百貨店には大小様々なテナントが入っていて、三階が女性モノのブランドエリアになっている。その中の一つが、スクシェアミの化粧品ショップだ。

　そう。俺の今日の目的は、スクシェアミの新作コスメを手に入れること。

　理由は清坂さんへのプレゼント。最近頑張っている清坂さんへのご褒美（ほうび）と、あとはいつものお礼だ。

　あの子のお陰で、俺も最近は楽しい毎日を過ごせてるからね。感謝の意味を込めて、ちょっと奮発（ふんぱつ）する予定だ。

　エスカレーターで目的の階へ向かいながら、マスクの下で苦笑いを浮かべる。

　それにしても、俺が学校をサボって平日の昼間から外に出るなんて、考えもしなかった。清坂さんと一緒にいて、俺も大胆になったかな。……いい変化なのか、悪い影響なのか、判断がつけづらいところだけど。

　そうこうしているうちに、スクシェアミに到着。

　新作の発売日というだけあって、若い人が多く来ていた。しかもほとんどが女性。男性もちらほらいるけど、彼女に連れてこられたって感じで興味なさげだ。

　今からこの中に突入するのか。ちょっと気が引けるというか、気後（きおく）れするというか……いや、ここまで来たんだ。白百合（しらゆり）さんからも人気の化粧品を教えてもらったんだし。

　と、そこで気付いた。

白百合さんから、人気の化粧品については教えてもらった。

だけど、それが清坂さんが求めているものかわからない。最悪の場合、一番いらないものを買ってしまう可能性がある。

しまったな。完全に失念していた。買うとしても何を買おう。

清坂さんの欲しいものとか、さりげなく聞いておくべきだった。化粧品なんて口紅くらいしか知らないぞ、俺。

「口紅……口紅か」

そういや、清坂さんってあまりそういうのつけてるの、見たことないな。あ、いや、正確には色付きリップとかつけてるみたいだけど。

色付きリップとかその辺で、いいのがあればいいんだけどなぁ。

とりあえずリップコーナーへ移動。新作というポップが目立っていて、数人の女性が物色している。

うーむ。リップ……カラーがいろいろあるけど、どれがいいのやら。

「あの、お客様」

「はい?」

店内で腕を組んで悩んでいると、女性のスタッフさんに話しかけられた。ちょっと清坂さんっぽい、派手めな人だ。

「何かお探しですか?　彼女さんへのプレゼントとか」

「あー……まあ、そんな感じです」

彼女ではないけど、否定するのも面倒だからそれでいいや。

「今日が新作の発売日って聞いて……色付きリップがあれば、それが欲しいんですけど」

「でしたらこちらです。色は五種類ありまして、コーラルピンク、ローズピンク、スモーキーローズ、スカーレットピンク、イルミナゴールドになります」

……ちんぷんかんぷんでござる。

「もしよろしければ、彼女さんの写真とかあれば見せていただけませんか？　できれば無加工のものを。それを参考にさせていただいて、私の方で見繕いますが」

写真か。

あ、そういやSNSをやってるって、前に聞いたな。写真の加工まではわからないけど……とりあえず検索してみよう。

えっと確か、アカウント名は【Sumika_K】っと……お、出てきた。

加工されている写真もあるけど、無加工のものもある。無加工のままネットに写真を上げるんじゃありません。家に帰ったら説教してやろう。

「この子なんですけど」

「失礼します。わっ、美人……ぁ、すみませんっ」

「いえ、大丈夫です」

スタッフさんの気持ちもわかる。思わず見惚れてしまうほどの美人だもんな、清坂さんって。

本当、なんでソフレって関係になったんだろう。謎だ。

「そうですね、この方でしたらなんでも似合うとは思いますが……こちらのスカーレットピンクはいかがでしょうか」

へえ、なんか淡い感じの色だ。でも清坂さんがつけると、淡い感じの色が逆に清坂さんの可愛らしさを引き立てそうな気もする。

でも値段は可愛くない。これ一つでこんなするのか。薬用リップ何本分だろう。

でもまあ、これが化粧品としては普通なんだよな、多分。

「それじゃあ、これをください」

「はい、ありがとうございます」

……思えば、友達へのプレゼントってほとんど初めてだな。いや、友達と言っていい関係なのかはわかりませんがね。……ん？　添い寝フレンドって意味では友達なのか？　わからん。友達って何？

よく考えると、悠大には誕プレは渡したことあるけど、それ以外となると記憶にない。

小学校の時は、クラス会みたいなやつがあったけど……今回みたいなことは、人生初だ。

……喜んでくれるかな。

スタッフさんに、色付きリップをプレゼント用に包んでもらい、紙袋を手に店を出る。

まだ昼過ぎ。本当なら飯も外で食べたいけど、警察に補導されると面倒だからな……急いで帰ろう。

帽子を目深に被り、そそくさと駅前を後にしようとする……と、そこに。

「あ、すみませーん。ちょっといいですか?」

不意に、誰かに呼び止められた。

嫌な予感で背筋に冷たいものが走る。

でもこのまま立ち尽くすわけにもいかず、ゆっくり振り返ると……案の定、警察官だった。

しかも屈強な二人組。

くっ、最悪の事態になった……!

「どうも、引き留めちゃってすみませんね」

「お兄さん、今日は休み?」

「は、はい。はは……」

これはいわゆる、職質というやつなのでは? 　くっ、想像しうる限り最悪のタイミングだ。

でも確かに、帽子にマスクでその上挙動不審だと、間違いなく職質されますよね。

「ほんの少しだけお時間いいですか? 　ちょっと質問に答えてくれたらいいので」

「鞄の中身とか、身分証とか見せてもらえませんかね」

身分証……生徒手帳か保険証しかないけど、生年月日ががっつりと書いてある。見られたら即補導だ。

でもこのままずっとだんまりを決め込んでたら、それこそ怪しまれるし……どうしよう。どうしよう。どうしよう……!

俺の動揺が伝わったのか、二人の目つきが僅かに鋭くなる。ば、万事休す……！

「あ、いたいたー！　もう、見つけけんのくろーしたよ！」

「……え？」

唐突に、一人の女の子が俺の腕に抱き着いてきた。

ショートハーフアップの金髪に、明るい茶色の瞳。ギャルっぽいファッションで耳にはピアスがつけられている。

清坂さんほどではないが、かなり大人っぽい体付きだ。

誰だ、この子？　こんな知り合いいないけど……？

「まったくー。こんな可愛い彼女を差し置いて逆ナンされるって、ウチの彼はモテモテだなー。ね、お巡りさん？」

「なんだ。天内さんの彼だったのか」

「こりゃ、悪いことしたな」

二人の警察官は苦笑いを浮かべると、なんか知らないけど去っていった。

え……えっと……とにかく助かった、のか？　それに天内さんって、まさか清坂さんの友達の？

俺の腕に抱き着いていた天内さんは、警察官たちが見えなくなると腕を放した。

「ふぅ。危なかったね、おにーさん」

「そ、そう、だね……ありがとう。おかげで助かった」

SCHWARZ
أسود

「お礼はクレープでいいよん♪」

「たかる気か」

「いーじゃんいーじゃん」

……ま、仕方ない。助けてくれたし、それくらいはいいか。

クレープのキッチンカーでクレープを買ってやると、満面の笑みを浮かべた。

「あざーす！」

「どういたしまして。……それより天内さん。今日学校は？」

俺の問いかけに、天内さんの動きが硬直する。どうやら俺に正体がバレてるとは思ってなかったみたいだ。

「あ、あはは。何言ってるのさ。私は大学生で～……」

「いや、鎧ケ丘（よろいがおか）高校の一年生だよね。清坂さんの親友の」

「げ。まさかおにーさん、うちの生徒……？」

「二年だ」

「くっ。まさか同じ高校の人だったなんて……！　見た覚えないから油断してた……！」

天内さんはばつが悪そうな顔でクレープにかぶりつく。それはしっかり食べるんだ。

「天内さんって普段からよくサボってるの？　なのにあの警官たち、注意もしなかったけど？」

「まあ……年の離れた姉さんがいるんで、保険証をちょちょいと」

「犯罪じゃねーか」

それアニメとか漫画でよく見るけど、実際やっちゃダメなやつ。

天内さんもわかってはいるのか、むすーっとした顔をした。

「……このこと、がっこーに言うの？」

「いや、言わないけど」

「そうだよね。こんなところ見たら……ん？」

「ん？」

啞然とする天内さんと目が合う。え、何？

「……言わないの？」

「まあ。俺も学校サボってるのには変わりないし、天内さんには助けられたから。それに、サボり程度で学校にチクるほど小さい男じゃない」

むしろそこから芋づる式に俺と清坂さんの関係がバレたら、それこそ厄介だ。黙ってて穏便に済むなら、その方がいい。

「……おにーさん、変」

「そうかな」

「変」

そこまで言わなくても。

「……あ、そうだ。天内さん、スクシェアミの化粧品買いに来たんでしょ？　早く行かないと売り切れちゃうんじゃない？」

「あ、そうだった！　じゃね、おにーさん！」

天内さんはクレープの残りを一気に食べると、急いで百貨店へと向かっていった。

やれやれ。清坂さんの友達らしい、元気な子だ。

俺はそっとため息をつくと、再度職質されないように急いで家へと帰っていったのだった。


「あれ？　ウチ、スクシェアミのコスメ買うって言ったっけ？　……ま、いっか」

◆

「センパイセンパイセンパイセンパイセンパイセンパイ！　無事っすか!?　生きてますか!?」

リビングで勉強していると、清坂さんが勢いよく帰ってきた。気付けば外が茜色に染まっている。もう夕方らしい。

相当慌てて帰ってきたみたいで汗かいてるし、息も上がっている。いろいろ買ってきたのか、ぱんぱんに膨らんだレジ袋が握られている。

あとセンパイ言いすぎ。ちょっと静かにしようか。

「おー、お帰り」

「あ、ただいまっす。じゃなくて！　センパイ、起きてていいんですか!?　寝ててくださいっす！　死んじゃいますよ⁉」

「あ、風邪は嘘」

「⁉⁉」

ビックリしすぎて口をパクパクさせている。そんなに驚かれるとは。あと、そう簡単に人を殺そうとしないでほしい。

タオルを出して額に薄っすら見える汗を優しく拭いてあげると、気持ちよさそうに目を細めた。本当、油断すると犬みたいになるな。

とりあえず見える場所の汗を拭いて、タオルを清坂さんに渡す。

「ありがとうございます、センパイ」

「いえいえ、どういたしまして」

「えへへ……って、そうじゃないっすうううううううううううぅぅぅぅ‼」

ワオ、怒った。

急激に頬を膨らませ、弱い力でぽかぽかと胸を殴ってきた。

「なんすか……なんすかなんすかなんすか！　こんなに心配したのに、サボりっすか⁉　というか、仮病まで使ってなんでサボったんすか！」

「どうどう、落ち着いて」

「私がどれだけ心配したと……！　心配しすぎて、授業もまともに聞けなかったんすからね！」

「それは元からでしょ」

「…………」

あ、おいコラ目を逸らすな。

清坂さんは気まずそうにタオルを抱き寄せるが、それを誤魔化すようにムッとした顔をした。

「ま、まあ、センパイもたまにはサボりたくなるでしょう。センパイも人間ですからね……でも、勉強してるじゃないっすか」

「まあ、今日はちょっと予定があってね。休むことにしたんだ」

「予定っすか?」

「うん。はいこれ」

ソファの横に置いていた紙袋を清坂さんに渡す。

受け取ってロゴを目にすると、呆然と俺と紙袋を交互に見た。

「こ、これ……スクシェアミのコスメ!? なんで!?」

「この間、清坂さんがこの化粧品が好きだっていうのを聞いてね。今日が新作の発売日って知って、買ってきた」

話を聞く限り、学校を休んでまで欲しいものだったみたいだ。天内さんはサボってまで買いに来てたし。

でも清坂さんは、最近は俺の影響なのか学校もサボってないみたいだし、これはそのご褒美だ。

え? サボらずに学校へ行くのは当たり前? それが当たり前じゃない人もいるんですよ。

頑張ってる子にはご褒美するのが当たり前じゃないか。

「あ、でもごめん。俺化粧品とか詳しくないから、スタッフさんに聞いて買ったんだ。化粧品はそれぞれの肌に合ったものがいいって聞くし、欲しいものじゃなかったかもしれないけど」

「そ、そんなことないっす！　あ、開けていいですか？」

「もちろん」

清坂さんは逸る気持ちを抑えきれないように、プレゼントの梱包を解く。

少し高級そうな箱を開けると、クッションに包まれた色付きリップが現れた。

「え!?　こ、これ、ＳＮＳで一番人気だった色付きリップじゃないっすか！　しかもスカーレットピンク！」

「へー、そうなんだ」

確かに他のコーナーに比べて、たくさん人がいた気がする。ＳＮＳ効果すげー。

「知らなかったんすか!?　どんだけ強運なんですか！」

清坂さんは目をキラキラ輝かせてリップを手に取る。

背を向けると、今つけているリップをクレンジングシートで落とし、手鏡を使って丁寧に塗っていく。

ゆっくりと振り返った清坂さん。

その口元はさっきまでのナチュラルっぽさはなく、淡いスカーレットピンクによって僅かに艶っぽさを醸し出していた。

清坂さん自身の色気と大人っぽい艶に、俺の心臓はいつもとは別の意味で跳ねた。

いつもは、寝起きの不意打ちの抱き着きや、近すぎる顔に心臓が跳ね上がっていた。

でも今は違う。純粋に清坂さんの可愛さと色っぽさに、胸が高鳴っている。

な、なんだろう、この感覚……。

清坂さんに見惚れていると、恥ずかしそうに頬を掻いた。

「せ、センパイ。そんなに見られると恥ずかしいっすよ」

「ご、ごめんっ」

顔を逸らして頭を掻く。

色付きリップ一つで、こんなに印象が変わるのか。化粧って本当に凄いな。まさに化け。

「えへへ。センパイがこんなふうに見惚れるってことは、似合ってるってことっすよね」

「……うん。正直可愛い……あ、いや、いつも凄い可愛いけどねっ。そこは勘違いしないでほしい。ただそれにも増して可愛いというか……」

「センパイ、そんな可愛い可愛い言わないでください。恥ずかしいので……」

「ご、ごめん……！」

本当、何言ってんだ俺。こんな気易く可愛いとか言うような奴じゃなかったろ、俺。

これも清坂さんの影響か……？　あー、調子が狂う。

「センパイ、センパイ」

「え？　うぉ……!?」

き、清さ……!?　ち、近っ。え、顔近いって……！

清坂さんは俺の服を摘み、反対の手でリップを大切そうに包んだ。

「ありがとうございます、センパイ。一生大切にするっす」

「い、一生だなんて大袈裟だよ」

「大袈裟じゃないっす。それくらい嬉しいっす」

そ、そんなに喜んでもらえたなら……学校サボって、買いに行った甲斐があったかな。

よほど嬉しいのか、天使のような笑みを浮かべ、清坂さんは寝室へと入っていく。

誰かにプレゼントを渡すって……いいな。喜んでもらえると、俺まで嬉しくなってくる。

さて、休んじゃったし、もう少し勉強頑張るか。

「〜〜♪　〜〜〜〜♪♪」

その日の夜。ベッドに横になり、リップを眺めてずっとご機嫌の清坂さん。

昨日から一つの寝床で添い寝することになり、俺もベッドに横になってるけど……眠れない。

目がギンギンに冴えている。

いや、普通昨日の今日で慣れるなんてことないよな。こんな極上の美少女が、ずっと脚をぱたぱたさせてるんだよ？　可愛すぎか？

と、清坂さんが俺の服を引っ張ってきた。

「ねーねー、海斗センパイ。どうしてそんな端っこにいるんです？」

「お、お構いなく。端っこが好きなので」

「でも、もっとこっち来ないと落ちちゃいますよ。ほらほらっ」

「わ、ちょっ……！」

き、清坂さんっ、最近強引すぎじゃないですかねっ……!?

腕を引かれ、清坂さんとの距離が近くなる。

うぅ。可愛い、温かい、いい匂い……！

俺が近付いたことに満足したのか、清坂さんは嬉しそうな笑みを浮かべた。

この子、パーソナルスペース狭すぎないか？　本当にわんこみたい。でも女の子なんだから
もっと警戒心を持ってほしい。

すると、清坂さんが「あ」と口を開いた。

「そういえば最近私、ソフレについて調べたんすよ」

なんつーこと調べてるんだこの子は。

「そ、ソフレについて？」

「はいっす。どうやらソフレって傍で寝るだけじゃなくて、腕枕や相手を抱き枕なんかの代わ
りにして人肌を感じるものらしいっすよ」

へぇ、腕枕や抱き枕……え、まさか？

「というわけで、今日は腕枕に挑戦っす」

「待て待てっ。ホント待って……！」

「む。なんすか？」

なんすかじゃないわ、なんすかじゃ！

「お、俺らって、まだソフレになって数日だよ!?　しかも同じベッドで寝るようになったのって昨日だよ!?　さすがにペースが早いと思うんだけど！」

「こういうのに、早いも遅いもないっす。やるかやらないかっす」

あらやだ男らしい。

こういうところを見ると、ギャルってさっぱりした性格してると思う。

「それに、抱き枕はもうやってるじゃないっすか。ほぼ事故でしたけど」

「確かに」

あの時は、寝惚(ねぼ)けてた清坂さんが俺の腕に抱き着いてきたんだっけ。あれに比べたら、腕枕はセーフ……か？

なんだかアウトとセーフの境界が曖昧(あいまい)になってる気がする。

緊張と眠気と疲れで、何も考えられない。

いいような、悪いような。むむむ。

「……ちょっとだけね」

「！　センパイ、さすがっす。尊敬しますっす」

何がさすがなのやら。あとこんなことで尊敬しないでほしい。なんとも言えない微妙な気持ちになるから。

仕方なく腕を清坂さんの方に伸ばすと、遠慮することなくその腕を枕にして横になった。

腕にしっかりと伝わる頭部の感触。シャンプーのいい匂いもダイレクトに伝わって来るし、想像よりも近くで清坂さんを感じてしまう。

腕を抱き枕にされてた時は二人とも寝惚けてたからあまり距離とか考えなかったけど……思考が働く今、この距離感はかなり意識する。

だけど清坂さんはあまり気にしたように見えない。

もしかして慣れてる？　……俺には関係ないことだけど、ちょっとモヤっとする。いや、関係ないんだけどね？　大事なことだから二回言いました。

俺の腕の感触を確かめるように、さわさわと触ってくる。やめなさい、こそばゆい。

「おぉ……これ、すごく心地いいっす」

「そ、そう？」

「はい。今まで傍にいてくれただけで心の隙間(すきま)が埋まってたのに、これは段違いです。心がポカポカします」

そんな大袈裟な……とは思わない。清坂さんの言っている意味、なんとなくわかる。

俺も最初は緊張したけど、いざ腕枕をすると……緊張より、安心感の方が強い。

人肌というか、重みというか……そういうのが全て心地いい。

清坂さんも同じことを思っているのか、俺の腕にすりすりと擦り寄ってきた。

「なるほどですね。これが本当のソフレ……今まではモドキでした」

「モドキかどうかはわからないけど、確かにこれはいいかもね」

俺も今まで、こうして誰かと寝たことはなかった。もちろん、親も含めて。

こうして隣で人肌を感じるって……こんなにも安らぐものだったんだ。

話を聞く限り、清坂さんも訳ありの環境で育ったみたいだ。

こうして人肌を欲するあたり、相当寂しい思いをしてきたんだろう。

似た者同士の傷の舐め合い、か。

まあ、そういう関係もいい……かもな。

「ふふ。センパイ、おやすみなさいっす」

「うん、おやすみ」

相変わらず寝付きがいいようで、清坂さんはスッと眠りに入る。

そんな寝顔を見つつ、俺も睡魔に身を任せ、眠りについた。


「……近い」

目が覚めた。相変わらず清坂さんの顔が近い。ちょっとずれたらキスができそうなくらい。

もちろんそんなことはせず、少し頭をずらした。

時刻は朝の五時。まだ起きるには早い時間だけど、いつも以上に寝起きがスッキリしている。思いの外(ほか)深く眠れたな。若干(じゃっかん)の腕の痺(しび)れはあるとはいえ、体調に関してはすこぶる快調だった。一人で寝るより安心感が違うと言うか。

薄暗い部屋の中、まだ眠っている清坂さんの寝顔がよく見える。

慣れたとは言わないが、心臓が跳ね上がることはなくなった。

と、俺が起きた気配に反応してしまったのか、清坂さんが口をもにょもにょと動かすと、ゆっくり目を覚ました。

「んにゅ……？　くあぁ～……」

「おはよう、清坂さん」

「ぉはよーごじゃ……くかぁ……」

「あら」

まあまだ朝も早いし、寝かせておいてあげよう。

僅かに開いた隙間(すきま)から腕を引き抜くと、そっと寝室を抜け出してリビングに出た。

ちょっと腕に違和感があるけど問題ないな。

「…………」

…………。

「ぷはあああああああああああああああああ～～～～……！」

や、やっと息を吐けた……！　死ぬ。死んでしまう。

水を飲んで落ち着くと、ソファに座って肩の力を抜いた。

確かに心臓が爆発するほど高鳴ることはなくなった。が、それとこれとは話が別。俺だって男の子だ。寝起きで隣に可愛い女の子がいたらドキドキの一つや二つや三つくらいする。

この状況がずっと続くと考えると、心臓がいくつあっても足りない。いつか爆発しそう。

でもこんな状況に安心感を覚えているのも事実で……。

「俺、クソ野郎なのかな……？」

そんな俺の問いかけに、答える人は誰もいない。

それとも清坂さんの距離が近いだけ？

他の人にも同じようなことしてるのか？

そんなことばかり考えてしまう。

下手に聞くと重い男って思われそうで、迂闊なことは聞けないし……俺、もしかしてチョロいのか？

いろんなことを考えてしまう。頭の中で、ぐるぐると様々なことが浮かんでは消えていく。

このもやもやする気持ちは、いったいなんなんだろうか。

そんな気持ちのまま、学校に到着。もちろん清坂さんとは別々での登校だ。

不安や疑問、自分でも理解できていない清坂さんへの気持ちで、頭の中がごちゃごちゃしている。

「はぁ……」

「海斗。今日ずっとため息なんてついてるけど、何考えてんの？」

近付いてきた悠大が、心配そうな顔をして俺を見てきた。

「いやちょっとな……」

ソフレのことなんて誰にも相談できないでしょ。親友とはいえ。

悠大ですら、清坂さんを崇め奉ってる始末だ。もし清坂さんとソフレなんて知られたら、何を言われるかわかったもんじゃない。

「ほら、もうお昼だよ」

「……え。もう？」

「こりゃ重症だ」

しまった。午前の授業まったく聞いてなかった。昨日も休んじゃったし、集中しないと。

「本当、海斗がこうなるなんて珍しいね。どうしちゃったのさ」

「いや、まぁ……」

「もしかして、清坂さん？」

「……は？　え、な、なんで……？」

まさか、一緒にいるところを見られた……!?

いや、学校では清坂さんとの絡みはない。じゃあなんで……？

「なんでって、三時間目はずっと外を見てたじゃないか。一年生の体育。清坂さんと天内さんがいたでしょ」

あ……そういえば、そうだった気もする。

無意識のうちに目で追ってたのか、俺。うわ、なんか恥ずかしい。恋する乙女か、俺は。

「あ、もしかして天内さんの方？　ついに海斗も、天内教に入るのかい？」

「は？　天内教？」

「ファンクラブだよ。天内さんは、天内教。清坂さんは、清坂党ってね」

「そんなことになってんのか。暇(ひま)かな、うちの学校の生徒は」

「因(ちな)みに僕は両方に入ってる」

「いいのかそれで」

「うん。清坂さんと天内さんは仲がいいからね。ファンクラブの会員同士も仲良いし」

何それ、超平和じゃん。

「でも最近、清坂さんの方にある噂が流れててさ」

「噂？」

「うん。なんでも、男ができたとか」

「……え？」

お、男？　え、男ができた？

まずい。非常にまずい。それってもしかしなくても俺のことだよな。俺のことだよな!?

と、とにかく今は誤魔化(ごまか)さないと……！

「驚きだよね。最近ファンクラブの会員の間では、誰が相手かって話で持ち切りだよ」

「そ、それはもう確定なのか？」

「いや、まだ噂程度だよ」

ほっ……よかった、まだバレてはないみたいで。

そっと息を吐くと、悠大がニヤリと口角を上げた。

「安心してるねぇ、海斗。やっぱり清坂さんに恋しちゃってるんだ。もしよかったら、ファンクラブ紹介しようか？」

「違うわ」

「そうだよね。ガチ恋勢はファンクラブ入れない規約になってるし」

「だから違うって」

というか、規約まで作ってるのか。ガチのファンクラブじゃん。

「さ、海斗の恋の悩みを肴(さかな)に、ご飯を食べましょうかね」

「だからそんなんじゃないからな」

「はいはい」

聞けよ。

いそいそと机をくっつけてくる悠大を見ながら、俺は今さっき出てきた言葉を反芻(はんすう)していた。

恋。恋ねぇ……これって、恋なのか？

◆

「花本(はなもと)さん。恋ってしたことあります？」

　バイト先のコンビニで、俺はパートナーを組んでいた花本さんに質問した。

　花本カレンさん。大学生で白百合さんと同い歳。大学も一緒みたいで、たまに街中で一緒にいることも見かける。

　俺よりだいぶ小さく、決して年上には見えない容姿だが、こういう時に頼れる身近なお姉さんでもある。

　白百合さんは酔うと面倒だから、この手の話題はしない。

　俺の質問を聞いた花本さんは、いつも通りの眠そうなジト目で俺を睨(にら)み、深々とため息をついた。

「吉永(よしなが)。お前は私が恋をしたこともないガサツな女だって言いたいのかな？　ん？」

「いえ、そういうわけでは」

　ガサツなのは否定しないけど。

　花本カレンという綺麗な名前だが、本人は結構大雑把(おおざっぱ)な性格だ。

　バイトに来る時は基本ジャージ。ハーフなのかクオーターなのか、髪は鈍(にぶ)いプラチナブロンド。癖(くせ)っ毛(け)なのか、至るところがくるくるしている。

　整った容姿に気だるげな雰囲気。それにジト目と、見た目と相まって初対面では怖がられがちだ。

だけど面倒見がよく、こういう相談にも気軽に乗ってくれる。

が、今回は初手をミスった。今の花本さん、ちょっと不機嫌だぞ。

「私だって恋の一つや二つする。大学生なんだ。パートナーの十人や二十人」

「え」

「うそぴょん」

嘘かい。

花本さんは頭の上に両手を乗せ、うさ耳っぽく動かす。可愛いけどちょっと腹立つな。

「なんだい吉永。恋でもしたかい？」

「恋というか……よくわかんなくて」

「一発ヤっちゃえば？」

「なに言ってんの？」

ついタメ口になってしまった。

でもわかってほしい、この気持ち。本当、何言ってんのこの人。

「一発ヤって、相手を思いやる気持ちが残れば恋。そうじゃなきゃ性欲。わかりやすいっしょ」

「あんたに聞いた俺が馬鹿だった……」

「大学生の恋愛と、高校生の恋愛を一緒に考えちゃ駄目。大学生はもっと生々しいから」

「白百合さんは？」

「あの子は希少種。同い歳でお処女様のお姫様ですから」

確かに。

同級生の話を聞く限り、高校二年生で既に経験してる人は結構いる。

俺？　聞くなよ、恥ずかしいな。

「私としては、白百合は吉永とくっついてほしいんだよね」

「え、俺？」

「うん。白百合は私の大切な友達だから、下手な男に引っかかってほしくない。その点、吉永なら安心して任せられるし」

花本さんは眠そうにあくびをし、「まあ」と話を続けた。

「吉永も恋してるっぽいし、私からとやかく言うことはないか」

「だから、恋じゃないですって」

「なら一発ヤってみろよ。わかるから」

「大学生と高校生を同じにするなって言ったの自分だろ」

「最終的には歳を重ねるんだから、早いか遅いかだって」

清坂さんと同じこと言ってるのに、清坂さんの方が清純に感じる。不思議。

「てか、恋かどうかもわからないって、もしかして吉永……」

「うっ……まあ、いろいろあって初恋もまだで……」

「なるほどな。だから私に聞いてきたのか」

花本さんは腕を組んで、にししっと笑った。

「それにしても恋かぁ。青春してんじゃん、吉永」

「だから恋じゃ……あー、もういいです。それで、花本さんの初恋っていつなんですか?」

「中学ん時かなぁ。いやぁ、勢いって怖い」

当時何があったのかは聞かないでおこう。

はぁ……花本さんに聞いてもいまいちピンとこないし、どうしたもんかな。

いや、この感情が恋かどうかは本気でわからんけどね。

「もし不安なら、私が卒業させてやろうか?」

「………………」

「童貞だから不安なんでしょ。私で練習しとくか?」

そのガチっぽいトーン、やめてほしい。それ真に受ける人もいるんだから。

「お断りします」

「うん、知ってる」

俺と花本さんの関係も結構長い。俺らの間で、このやり取りは結構定番だったりする。

最初はきょどったりしたけど、さすがに一年も一緒にいたら慣れますよ。

と、ちょうどその時お客さんが入ってきた。

「「いらっしゃいませー」」

「タバコいいっすか?」

「あ、はいっ」

花本さんとの会話を切り上げ、仕事に戻る。

——そのせいで、花本さんの次の言葉は俺には聞こえなかった。


「また振られちった」

◆

「ただいまー」

「お帰りなさいっすー」

バイトが終わって帰ってくると、いつも通りリビングにいた清坂さんがてけてけと近付いてきた。

って、また俺のシャツ着て……確かにダボダボの服の方が過ごしやすいだろうけど、せめて下着は見えないようにしてほしい。

玄関に座って靴を脱いでると、清坂さんが鞄を持ってくれた。なんか奥さんみたいなことするね、この子。

それにしても……花本さんに相談した後だからか、清坂さんを前にすると緊張する。

この気持ちがなんなのかハッキリしない。別の感情なのか、それとも本当に恋なのか。

どう接するのがいいのかわからずに清坂さんを見ていると、首を傾(かし)げて自分の顔をぺたぺた触った。

「なんですか？　私の顔に何か付いてるっすか？」

「……いや、なんでもない」

「そっすか」

この気持ちには、今は蓋をしておこう。清坂さんは俺を信頼している。俺が清坂さんに恋（仮）をしてるなんて知られたら、この関係も崩れるだろう。

最初は不純に思っていたこの関係も、今は凄く心地よく感じている。

人間って順応するんだなぁ。

洗面所で手を洗っている間も、清坂さんは俺の後ろについてくる。何をそんなに見てるんだろうか。見ても楽しいことはないのに。

なんとなく沈黙が気まずい。何か聞かないと。

「えっと……きょ、今日は何してたの？」

「今日はですね！　なんと勉強してたんす！」

当たり障りのない質問をすると、待ってましたとばかりに食いついてきた。

「え、勉強？」

リビングに入ると、テーブルの上にはなんと清坂さんが勉強してたと思われるノートと教科書が置いてあった。

ノートはほぼ新品同様。教科書も綺麗なまま。

でもちゃんと勉強しようとした痕跡はある。

「まあ、サボりすぎてててちんぷんかんぷんなんですが……」

「でしょうね」

「ちょっとはフォローしてくださいっす！」

フォローできないっす。

「それにしても、どうしていきなり勉強を？」

「そりゃ、センパイの影響っすよ。前にも言いましたけど、センパイ見てたら自分も何かやらなきゃなーって思って」

「あー、言ってたね」

それで手始めに、勉強と料理ってことか。

幸いにもどっちも俺の得意分野だ。

「教えてあげようか、勉強」

「えっ⁉　いいんでっ……ぁ……」

え？　何？　一瞬表情を輝かせたけど、すぐにしょんぼり顔に。

「でもセンパイ、自分の勉強に料理にバイト。それに加えて私の面倒まで見ちゃったら、本当に倒れちゃいますよ……」

「そんな、気にしなくていいのに」

「気にするに決まってますよ」

うーん。そんなに忙しそうに見えるかな、俺。

個人的にはまったくそうは思わないけど。努力というかほとんど習慣だし。

「プレゼントまで貰っちゃったし……私、センパイに貰ってばかりっす……」

あらら、落ち込んじゃった。

「なら、いつかなんらかの形で返してくれたら、それでいいから」

「うん。いつか清坂さんが、これだってもので返してくれたらいいよ」

「なんらかっすか？」

「なんらか……」

清坂さんは腕を組んで首を傾げる。そこまで深刻に考えなくても。

別にお菓子の詰め合わせとか、本当になんでもいい。清坂さんがやる気になったから、その手助けをしてるだけだから。

「……わかりました。今は思いつかないっすけど、いつか絶対返すっす！」

「うん、ありがとう。今日は疲れてるでしょ。明日は土曜日だから、明日から頑張ろうね」

「はいっす！」

両手敬礼ビシッ。ちょっとマヌケっぽいけど、そこが可愛い。

もう夜も遅い。それに清坂さんもお腹空いてるだろうし、ササッと風呂に入ってくるか。

# 第五章

風呂に入り、夕飯は軽く肉野菜炒めを作った。

タンパク質もビタミンも取れるし、何だかんだ作る頻度が高くなっちゃうんだよね。

そして二十四時。初めて清坂さんと過ごす週末だから、俺たちはまだ眠らずに起きていた。

というか、ようやく一週間くらいか。なんだろう、凄く時間の進みが遅いというか、ゆっくりに感じる。

それなのにソフレとか……人生どう転ぶかわかったもんじゃないな。

清坂さんは俺の腕を枕に、メッセージアプリをポチポチしている。どうやら相手は、天内さんらしい。

天内さんか……そういえば、スクシェアミの一件では助けてくれたんだっけ。

だけど、学校ですれ違う時はあっても、声をかけられたことはない。あの時の俺は帽子とマスクで変装してたし、気付かないのは無理もない。だからといって、俺から声をかける勇気はないし。

でも天内さんがいなかったら間違いなく面倒なことになったのは事実だ。本当、今でも感謝してるよ。

あの時のことを考えていると、清坂さんがスマホを弄る手を止めて「んむぅ……」と唸りだした。

「どうかしたの？」

「はい。ちょっと深冬の方で……」

「何かあったんだ」

「みたいっす」

あの子もあの子で、大変なんだなぁ。

「清坂さんと天内さんって、仲良いよね。この間も一緒に登校してたし」

「まー、幼馴染みっすからね」

「へー」

「自分で聞いてきて、その淡泊な返事はどうかと。……って、電話かかってきた。ちょっと失礼するっす」

「いいよ」

清坂さんは起き上がり、受信ボタンをタップした。

「もすもす。どしたー」

『――――!!　～～～～!!』

「うるさ。近所メーワクだから」

清坂さんって天内さんの前ではこんなふうに話すんだ。……それにしても声がデカいな、天内さん。スピーカーになってないのに、俺にまで声が聞こえてくるぞ。

「は？　お父さんと喧嘩？　またかよー、今月何回目よそれ」

『…………！　────‼』

「あーはいはい。愚痴なら聞くから、まずは落ち着けし」

清坂さんはこっちに顔を向けてぺこりと謝罪すると、リビングの方に行ってしまった。

時間がかかりそうだし、俺は先に寝てるか。

電気を消すと布団にくるまる。そのまま目をつむって睡魔に身を任せ……。

…………。

………………。

……おかしい。いつまで待っても眠気が来ない。

それどころかまったく眠れないんだけど。何これ。

スマホを見ると、もうすぐ一時になりそうだ。いつもなら絶対寝てる時間なんだけど……というか、時間が経つにつれて不安が膨らんでいく。このままじゃ眠れそうにない。

それに清坂さんがまだ戻ってこないな……慰めるのにだいぶ苦労してるみたいだ。

そっと起き上がり、リビングに向かう。

清坂さんはまだ電話してるっぽかった。懸命に天内さんを慰めている。

「それで……ぁ、ちょっと待って。ごめんなさい、センパイ。うるさかったっすか……？」

清坂さんは首を傾げたが、天内さんに『もしもしー！』と声をかけられてそっちに戻った。

……清坂さんの隣、落ち着く。というか安心する。

どうやら清坂さんばかりじゃなく、俺も清坂さんが隣にいないと眠れない体になってしまったらしい。

それに、一気に眠気が……。

「ぁ、あー……ごめん、深冬。そろそろ夜も遅いしさ、またガッコーで愚痴聞くよ」

『ん。わかった……夜遅くまでめんご』

「気にすんなって。じゃ、おやすー」

『あーい』

あ、電話終わったみたい。

「ごめんなさいっす、センパイ。もう眠いっすよね」

「んー……清坂さんが隣にいたら、安心して眠くなってきた……」

「！　……ふ、ふふ。もー、センパイ可愛いんだからっ。じゃ、ねんねしましょうね～」

子供扱いされてる気がするけど、それも眠気でどうでもいい。

清坂さんと手を繋いでベッドに入り込むと、清坂さんの温もりとベッドの柔らかさで思考がぐちゃぐちゃになってきた。

と、頭に何かが触れた。温かく、柔らかい感触。多分清坂さんの手だ。清坂さんに撫でられてる。

恥ずかしいけど……撫でられるのって、凄くいいな。落ち着く。

「おやすみなさい、センパイ」

清坂さんの甘い声が遠くに聞こえる。

頭を撫でられる感覚と、耳から聞こえる優しい囁きで一気に意識が遠くなり。

気がつけば既に朝の九時を回っていた。

夜遅くまで起きてたとはいえ、ここまで爆睡したのは久々だな、本当。これも清坂さんの癒しパワーか。

もう清坂さんは起きてるのか、ベッドの上にはいない。

寝室を出てリビングに入ると、ソファで寝落ちしている清坂さんがいた。机には教科書やノートが広げられてるし、勉強するつもりだったんだろう。……よだれ垂れてるけど、見なかったことにしておこう。

とりあえず目を覚ますまで、寝かせておいてあげるか。

ブランケットを掛け、コーヒーを淹れる。

今日の予定は特にない。夜にバイトがあるけど、それまでは暇だ。

清坂さんの勉強は見てあげるけど、一日使うようなことでもないし……どうしよっかな。

なんとなくカレンダーを見る。

「……あ、今日漫画の最新刊の発売日だ」

あれは発売日にゲットしておきたい。

清坂さんはまだ起きる気配ないし……行ってきちゃうか。

メッセージに出かける旨を残し、シャツにスキニーパンツというラフな格好で家を出た。

小さいけど、朝九時から開いている本屋に向かって自転車を漕ぐ。

日差しが痛くなってきた。もうそろそろ、本格的に夏が始まる。

夏か……今年はどんな夏休みになるんだろう。

まだ清坂さんはいるのかな。……いや、さすがにそんなに長くは居候しないだろう。

清坂さんが家に来て一週間も経ってないけど、もしいなくなったら寂しいだろうな……というか俺、清坂さんがいなくなってちゃんと眠れるのかな。夏休みも、清坂さんは俺と会ってくれるだろうか。

添い寝……は、さすがに無理か。

でも昨日は、清坂さんが傍にいないと不安になったけど……。

昨夜のことを思い出して、つい苦笑いが零れた。

「俺、清坂さんに依存してるなぁ」

こんなの、いつまでも続くわけじゃないのはわかってる。なのにずっと続いてほしいと思っている。なんて自己中心的な奴なんだ、俺は。

自嘲気味に笑い、自転車を漕ぐことに集中する。

二十分ほど漕いで、ようやく目的の本屋に着いた。

おじいちゃん店長がやってる本屋で、漫画やラノベの種類も豊富だ。新刊コーナーも充実してるし、凄くお世話になっている。

新刊のコミックを数冊。それに気になっていたラノベもいくつかカゴに入れ、レジに持っていく。

が、そこにいたのはいつものおじいちゃんではなかった。

「らっしゃーい」

「え……天内さん？」

なんと。清坂さんの幼馴染みでギャル友、そして俺の恩人である天内深冬さんがいた。

え、いつものおじいちゃんは？　どうしてここに天内さんがいるんだ？

天内さんはいきなり名前を呼ばれて、訝しげな表情を浮かべた。

「ん？　……あれ、おにーさん……どっかで会った？」

「ほら、駅前の職質で」

「あ……あー！　あん時のおにーさん!?　うっそ、マジぐーぜんじゃん！」

気付いてくれたようで、天内さんは興奮気味に前のめりになった。

そのせいでだぶだぶのシャツから深い谷間がこんにちはしていらっしゃる。ギャルってなんでこうガードが緩いんだ。

「って、おにーさんってよりパイセンか。確かヨロ高の二年だったよね。じゃーパイセンだ。

ヨロシク、パイセン！」

「よ、よろしく」

凄くノリが軽いな、天内さん。

カゴを渡すと、手際よくバーコードを読み込んでいく。

「にしても、まさかこんなところで会うなんてねー。この近くに住んでんの？」

「いや、チャリで二十分ぐらいの場所」

「ウケる」

「別にウケないが」

ギャルの感性はわからん。

「にしても、パイセンもラッキーだね。ウチがろーどーしてるところなんて、ふつー見れないよ。ウチめんどーくさがりだし」

「へー」

「はんのーが薄い！」

なんか大笑いされた。この子、笑いの沸点低いな。

「にしてもパイセン、ウチの私服姿見たのにテンション低いねー。ヨロ高の人なら、休日にウチに会っただけでテンション爆上げなのにさ」

「ふーん」

「………」

ポカーンとした顔で俺を見てくる天内さん。え、何、どしたの？　反応が薄すぎてショックだった？　なんかごめん。

「……えっと……ヨロ高の二年なんだよね？」

「まあ」

「それなのに、ウチの噂聞いてないの？」

「ファンクラブのこと？　それなら友達に聞いたけど」

「そっちじゃなくて、もう一つの方」

「いや……多分知らないな。そもそも俺、噂って嫌いなんだよ。だいたいは事実じゃないし」

どうして事実かどうかもわからないことを、嬉々（きき）として言いふらすのか。昔から不思議でならない。

俺の言葉に目を見開いた天内さんは、ぼそぼそと何かを呟（つぶや）いた。

「ふーん……そっか。こんな人もいるんだ……」

「え？」

「やっぱり変って言ったの」

「唐突なディス」

前にも言われたけどそんな変かな、俺。

「パイセン、名前は？」

「ん？　吉永（よしなが）。吉永海斗（かいと）」

「海斗パイセンね。覚えた」

えっ、何怖い。そんなヤンキーが絡(から)んでくるようなトーンで「覚えた」とか言わないで。

と、とにかく話題を変えよう。

「天内さんはなんでここに？　いつもおじいちゃんがいたと思うけど」

「ここのじーちゃん、ウチの祖父なんよ。で、たまに手伝ってる。まあ今は家出して、この家にお世話になってんの」

「ああ、昨日の……」

「……昨日？」

「あ、いや、なんでもない」

あっぶな。清坂さんとの電話なのに、俺が知ってるなんてどう考えてもおかしいからな。

天内さんは訝しむように首を傾げたけどすぐに興味をなくしたのか、レジ作業を再開する。

「ねー、パイセン。聞いていい？」

「ん、何？」

「パイセンは、ギャルってどう思う？」

また藪(やぶ)から棒な。

だけどギャル、か……。

「いいんじゃないかな。特別、俺がギャル好きってわけじゃないけど……道を踏み外さなければ自由にしていいと思うよ」

って、あれ？　なんか前に清坂さんにも同じようなこと言ったな。

でも天内さんはこの言葉が嬉しかったみたいで、パッと顔を輝かせた。

「そ、そうだよねっ。えへへ……パイセン、いい人だ」

「俺がいい人だったら、世の中聖人君子だらけだよ」

「ごめん何言ってんのかわかんない」

「なんでだよ」

そんな難しいこと言ってないけど、俺。

読み込みが終わってポイントカードとちょうどの金額を渡し、商品を受け取った。

「じゃ、パイセン。またガッコーでね」

「……じゃ」

手を振ってくる天内さんに、手を上げて返す。

まあ、見かけたら声をかけるくらいしてもいいかな。

……いや、下手に声かけると天内教徒に目をつけられかねないから、俺から声をかけるのはやめておこう。声をかけられたら話すくらいでいいや。

そんなこんなで家に帰ってきたのは十時過ぎ。

さすがに起きていた清坂さんは、熱心にスマホを弄っていた。

「ただいま、清坂さん」

「センパイお帰りなさいっす。ちょっと聞きたいことがあるんすけど」

え、清坂さん怒ってる？　なんで？

腕を組んでジトーっとした目で俺を睨んでくるけど……俺、何かやっちゃった？　出かけることはメッセージに残したはずだけど。

「センパイ。どうして私が怒ってるか、わかりますか」

「まったく」

「即答しないでください！」

即答するレベルで身に覚えがないんですもの。

「仕方ありません。私も面倒くさい彼女面ムーブも、ちょっと怠くなってきたので……これ、なんですか！」

ずいっとスマホを見せてくる。そこには、メッセージアプリのトーク画面が映っていた。

『深冬：今、ウチの店に来たガッコーのパイセンと仲良くなったー。結構イケメン』

『純夏：マジ？　深冬が言うならそーとーだね。誰？』

『深冬：吉永海斗って人。ポイントカードの漢字がこんなんだった』

『純夏：は？　……は？　(#゜◁゜)』

『深冬：え、どーしたん？　なんか怖いよ？　(((゜Д゜;)))』

『深冬：す、純夏？　おーい？』

情報のリークが早すぎる。

清坂さんは風船のように頬を膨らませ、地団駄を踏んだ。床抜けるからやめて。

「なんで！　深冬と！　センパイが！　仲良くなって！　るんすか！」

「いや、行きつけの本屋に行ったら、そこの店主の孫が天内さんだったってだけだよ」

「本当すか⁉　私に隠れて逢い引きしてたんじゃないっすか⁉」

「なんで逢い引きなんて言葉知ってんの」

浮気を問い詰められてる男の気分。いや浮気じゃないんだけどさ。

「深冬、かなりのイケメン好きなんですっ。そんな深冬にイケメン認定されたってこと、もっと自覚してほしいっす！」

「と言われても」

今日自己紹介し合ったばかりだし、面と向かってイケメンって言われたわけでもないし。

それに俺がイケメンだったら、悠大とか見たら卒倒するんじゃないだろうか。

「清坂さんが思ってる関係じゃないよ。仲良くといってもちょっと話しただけだから」

むしろあれだけの会話で仲良くなったって、陽キャの距離感どうなってんだろう。

それでも清坂さんは納得いってないみたいで、腕を組んだままムスーッとした顔をしている。

「でもセンパイ。深冬に興味持たれて嬉しいんじゃないんすか？　深冬、かわいーし……」

「え？　あー……清坂さんみたいな可愛い子と毎日添い寝してるから、嬉しいって感覚はあまり……あ」

やべ、口滑らせた。

俺はこれまで清坂さんと一緒にいて、直接可愛いって言ったことが少ない。もし俺が下手なことを言って清坂さんに不快な思いをさせたら、この心地いい関係が解消される可能性があるから。

恐る恐る清坂さんを見ると、一瞬体をビクッとさせたが、すぐに満更でもなさそうな顔をした。

「へ、へぇ……センパイ、私のことかわいーって思ってるんだ……ふーん……」

「ご、ごめん。気を悪くしたなら謝る」

「べべべ、別に怒ってないっす。……嬉しいっす」

「そ、そっか」

女の子だもんな。可愛いって言われて、嬉しくないはずはないか。

よかった。悪い意味に取られたら、もう一緒に寝てくれないものかと。

内心胸を撫で下ろしていると、清坂さんは軽く咳払いをした。

「まあ、センパイが深冬をそういう目で見てないことはわかりました。最近は噂のせいで、深冬を変な目で見る輩が増えましたから」

「そういえば、天内さんもそんなこと言ってたな。噂ってなに？」

「聞いたことないっすか？　割と聞くんですけど」

「生憎、そういうのに疎くて」

別に噂話をする友達がいないわけじゃないぞ。……ホントダヨ？

清坂さんはその噂に怒っているのか、ぷりぷりしている。

「根も葉もないデマっすよ。売りしてるとか、パパ活とか。私もそんな噂されてるっす。完全にモテない女の僻みっすね」

「マジか」

確かにそれは酷い。酷すぎる。

そういう噂があるから、天内さんも最初俺を警戒するような目で見てたのか。

俺にはわからないけど、軽い女って評判が立つと、そういう誘いが多くなるのかもしれない。

………………。

「もしかして、清坂さんもそういう誘いがあったり……？」

「ありますよ。ナンパもあるっすけど、全部撃退してるっす。私ら、軽い女じゃないんで」

シュッシュッ、とシャドーボクシングをする清坂さん。

軽くはないだろうけど、男とソフレしてるのはいいんだろうか？

「さて、誤解も解けたことですし！」

「一方的に誤解されてただけの気もするけど」

「乙女の可愛い勘違いだと思って許してください、てへっ♪」

そんな安直なてへぺろ表現、初めて見た。

「それよりセンパイ、勉強見てくださいよっ。私待ってたんすから」

「あ、そうだった。……先にご飯にしようか。朝と昼が同時になっちゃうけど」

「おいっす！」

ちゃちゃっと朝食兼昼食を用意すると、清坂さんはいつも通り美味そうに食べてくれた。相当お腹が空いていたのか、ご飯のおかわりまでして。

「一気に食べると、眠くなって勉強に集中できないよ」

「大袈裟っすね、大丈夫っすよ！」

本当か……？

一通りご飯を食べ終え、少し休憩を挟む。と……。

「……ねむいっす……」

「言わんこっちゃない」

ソファに横になって、微塵も動く気配がない。なるほど、こうして勉強をしなくなっていくんだな。

まったく、この子は。

「食べてすぐ寝たら、牛になるよ」

「……セクハラっす」

「そそそそういう意味じゃないから!?」

確かに牛というか、凄く立派なものをお持ちですけどね!?　別にダブルミーニング的な含みは意図してませんから！

ジトーっとした目を向けられ、なんとなく視線を逸らす。でもどこか楽しそうな表情をしているから、本気で思っているわけじゃなさそうだ。

「……少し休憩したら、ちゃんと勉強するんだよ？」

「もちろんっす。それじゃーセンパイ、ベッド行きましょうか」

「え、俺も？」

「そ、ふ、れ♡」

そう言われると弱い。俺は別に眠くないんだけど。

さすがに断ろうとすると、清坂さんが「それに」と続けた。

「センパイも気付いてますよね？　一人で寝るより、二人で寝た方が深く眠れるって。私たちは同じですから」

「そ、それは……」

反論できない。確かにそうだ。でも清坂さんも同じ考えに至っていたとは思わなかった。

「一緒に寝たら、気分もスッキリしてもっともっと勉強に打ち込めると思うんすよ。……どうです？」

「う」

そ、そんな上目遣い（うわめづか）いでお願いされたら……断るなんて、できるはずないじゃないか。

「……ちゃんと勉強するんだよ？」

「にへへ。おっす」

俺、甘いのかな……？

ベッドに移動して、いつも通り二人で横になる。

清坂さんは眠気の限界だったのか、ベッドに入るなり俺の腕を枕にして寝息を立てた。相変わらず寝るの早いなぁ。

「……ん、ふあぁ～……やば、眠くなってきた……」

清坂さんの寝顔って、眠気を誘うんだよな。気持ちよさそうに寝るというか。

スマホでタイマーを一時間に設定し、清坂さんが寒くないよう布団を掛けてやる。

気持ちよさそうにしていた清坂さんの顔がさらに緩み、にへらという笑みを浮かべた。

「……恋、か」

んー……眠い中考えてもわからん。寝る。くかぁ。


たっぷり一時間の昼寝タイムを挟み、無事に起床。ようやく勉強に取りかかれた。

「それじゃ、まずはどれくらいできるか確認したいから、問題集の問題を解いてみて」

「うおっす！　たっぷり寝たんで、やる気マックスっすよ！」

おお、それは頼もしい。

というわけで、現国、数学、英語、理科、社会の問題を少しずつ解いてもらった結果。

現国：３／10
数学：０／10
英語：２／10

理科：１／10
社会：２／10
「見事に壊滅的だね」

「えへへ～」

「褒めてない」

「あう」

脳天チョップ（弱）。清坂さんは涙目になった。

「うぅ～っ。勉強むずいっす……！」

「まあ、最初はそんな感じだよ。少しずつ教えていくから、一緒に頑張ろうね」

「あいっ」

返事だけは元気なんだから。

とりあえず数学から。

対面に座り、一個ずつ教えていく。

鎧ヶ丘高校の入試は通ってるわけだから、中学レベルは問題なさそうだ。それに多分、地頭も悪くないだろう。鎧ヶ丘高校の入試は、そんな甘いものじゃないから。

なら、まだ入学して数カ月しか経っていない。今から勉強すれば、充分に間に合うだろうね。

部屋の中に、ノートにシャーペンを走らせる音が響く。

一旦手を止めて清坂さんを見ると、頑張って数学の問題と睨めっこしていた。

「センパイ、この問題って、こっちの公式を使うんですか？」

「そうそう。それをこうして……」

「あっ、なるほどっす！」

これだけの説明で理解してくれると、教え甲斐がある。

……そういえば、なんで清坂さんはうちの高校に来たんだろうか。気になるな。

「ねえ清坂さん。どうして鎧ヶ丘高校に来ようと思ったの？」

「大した理由はないっすよ。ただ家から近かったのと、制服が可愛かったからってだけっす」

本当に大した理由じゃなかった。

でもそれだけの理由で鎧ヶ丘高校の入試を通るって、凄いな。

「っし。センパイ、できたっす！」

「ん、どれどれ。……おお、合ってるよ」

「いえーい！　休憩っすー！」

「一問解いただけで休憩するんじゃありません。ほら、次はこっち」

「んぇ〜。センパイ、厳しいっす……」

「ちゃんと勉強するって約束したでしょ」

「あーい」

しょんぼり顔をされると、ちょっと罪悪感が……い、いや、勉強は集中力が大事だ。こまめに休憩を入れすぎても身にならないからね。ここは心を鬼にして。

最初にやり方と公式の使い方を教え、少し考えさせる。

わからないところは手助けするけど、わかるところは着々と解いていく。少し教えただけなのにこんなに解けるって……。

「清坂さんって、もしかして天才肌？」

「肌？　肌はもちぷにっすよ。ほらっ」

俺の手を取って、自分の頬に擦（す）り付けてきた。

「ちょっ……!?」

「ほらほら、どうっすか？」

もち、ぷに、すべ。

確かに凄い。こんな弾力の肌、触ったことがない。いや触る相手とかいないんだけど。

放心して、そっと撫で続けてしまう。

その度（たび）にくすぐったそうに、そして嬉しそうに目を細める。

撫で、つまみ、押し。心を許してくれているみたいで、好きなように触らせてくれる。

可愛い。なんだこれ、可愛すぎる。

勉強しなきゃいけないのに、無言で触れる時間が流れる。

が、それで油断してしまったらしい。清坂さんの着ているシャツがずり落ちて、水色のブラジャーと深い谷間ががっつりと――。

「「ッ!?」」

顔を逸らす俺。胸元を隠す清坂さん。焦った。まさかこんながっつり見ちゃうなんて……今日は女の子の谷間めっちゃ見る日だな。

というか、許されたとはいえ女の子の肌をべたべた触るのってアウトだろう。何をしてるんだ俺はっ。

「ご、ごめん。その……」

「い、いえ、大丈夫っす。せ、センパイになら……」

「……え？」

「な、なんでもないっす！　さ、さあ、勉強の続きやるっすよ！」

な、なんだ？　何を言いかけたんだ？

……聞かないでおこう。その方が今はいい気がする。

とにかく勉強に集中しよう。煩悩を勉強で吹き飛ばすんだ。

清坂さんも同じことを思ったのか、数学の問題に挑む。

とにかく集中、集中、集中。

結局、バイトの始まる三十分前まで休みなく勉強に没頭し続け。

「……だりぃ」

バイトにまったく集中できないでいた。

今日もパートナーとして組んでいる花本さんが、賞味期限の切れた弁当を棚から外しながら、眠そうな目でこっちを見てきた。

「吉永、どしたー？」

「あ、いえ。ちょっと疲れがありまして」

「なんだよ。バイトの時間までヤりまくりか？」

「してねーわ」

「知ってる。そんな雰囲気もなかったし」

こ、の……童貞をからかうんじゃないよ。

花本さんはカゴに入っている弁当をバックヤードに持っていき、隠しもせず欠伸を漏らした。

「で、何か進展はあったのかい？」

「あー……いえ、特に何も」

「もしヤるのが無理なら、一回告ったらどうだい。恋かどうかわからなくても、付き合ってから育む恋ってのもあると思うよ」

「お……おぉ。花本さんから、初めてまともなアドバイスを聞けた気がする」

「おいコラ」

いや、結構マジで。

告白……告白か。これが普通に仲のいい男女だったら、それでいいと思う。

だけど俺と清坂さんは、ソフレという歪な関係だ。

家では常に一緒にいるし、この関係が凄く心地いい。だから壊したくないし、まだ離したくない。

それを壊さず、一歩関係を進める方法……難しい。

「人生、ままならないもんですね」

「高校生の青二才が何言ってやがる」


「センパイ、センパイ。見てくださいよこのわんこ。超可愛いっす」

夜、俺の腕を枕にして寝そべっている清坂さんが、ニコニコとスマホを弄っている。

いや、もう腕というより肩の辺りに頭が来てるんだけど。

その分清坂さんの顔や頭も近付いていて、清坂さんの匂いも凄く濃く感じる。

しかもちょくちょくお胸様が俺の体に触れるから、神経を散らすのに逆に神経を使う。

密着する感触を気にしないように、清坂さんの話に乗った。

「清坂さんは犬派なの？」

「動物全般好きっすけど、強いて言うならですね。センパイはどうです？」

「似たようなもんかな。俺も犬派だけど、動物全体で言ったらホッキョクグマが好き」

「あっ、わかります！　この前、氷を滑るホッキョクグマの赤ちゃんの動画見たんですよっ。えーっと……」

動画を漁り、にこやかにそれを見せてくる。

清坂さんも犬みたいに懐いてくるし甘えてくるから、ちょっと大型犬を飼ってる気分になるんだよね。失礼になるから、本人には言わないけど。

「ん……ふあぁ……」

「あ。そ、そうですよね。バイト終わりで疲れてますもんね。今日はもう寝ましょうか」

「うん……ごめんね、清坂さん」

「何をおっしゃいますやら」

清坂さんが枕元のリモコンを操作し、電気を消す。

腕を枕にしていた清坂さんが、俺の頭に手を伸ばしてきた。

優しい手つきで、そっと撫でてくれる。

清坂さんが傍にいてくれるだけでも安心して眠くなるのに、こんなふうに撫でられたらさらに眠気が……。

「よしよし。センパイは頑張り屋さんですから、寝る時くらいは私に甘えてくれていいんですからね」

「……ありがと……おやすみ……」

「はい、おやすみなさいです」

甘える……ていうのは、よくわからないけど。

それでも頭を撫でられるこの感じ。堪らなく、心地いい。

俺は目を閉じ、心地良さと安心感に身を任せて夢の世界へ落ちていった。

## ◆純夏ｓｉｄｅ◆

……寝た、かな。

眠っているセンパイの頬をつつく。

「んにゅ……」

……うん、よく寝てる。センパイって一度寝ると、何しても起きないんだよねぇ。あぁ、かわいい♡

「すぅ……すぅ……」

「ふふ。センパイったら、こんな無防備な寝顔しちゃって」

つんつん、つんつん。

普通、よくは知らない女の子が隣に寝てて、こんなふうには眠れるはずがないでしょ。美人局（つつもたせ）とか考えなかったんですかね。

……人のこと言えないというツッコミはなしで。私は私で、ちゃんと相手を見てこういうことはしてるんで。

本当、底なしのお人好し（ひとよ）し。

センパイの頬を撫でる。高二なのに髭（ひげ）が生えてる様子はない。それに綺麗な肌。すべすべ。

そんなセンパイの肌をひとしきり撫でると、改めてこの状況を客観視してしまう。

年頃の男女が、同じベッドに寝る。

本当だったら許されないんだろう。世の中からしたら不純な関係に思われるかもしれない。

でもこの状況が心地いいのは事実だ。

でも、強引だったかな？　いきなり距離を詰めすぎたかも。センパイ、はしたない女って思わないかな……？

「……センパイは私のこと、どう思ってるんですか……？」

「すぅ……すぅ……」

私の気も知らないで爆睡しとる。このこの。つんつん、つんつん。

さて、つつくのも撫でるのもこれくらいにして。

誰もいないとわかってるのに、ついキョロキョロと周りを確認する。

誰もいない。オールオッケー。……あれ？　オールクリア？　まあどっちでもいいや。

センパイの体に抱き着き、脇に頭を埋(うず)める。

くんくん。うぅ、しゅごい。一緒に寝るようになってから知ったけど、センパイの匂いよすぎ。アガる。たぎる。濡れる。

特に脇と耳元。ヤバい。キマる。

うなれっ、私の肺活量！

「すーーーーーーーーーーーーーーーーーーーーーーーーーーーーーーーーーーーーーーーーーーーーーーーーーーーーーーーーーーーーーーーーーーーーーーーーーーーーーーーーーーーーーーーーーーーーーーーーーーーーーーーーーーーーーーーーーーーーーーーーーーーーーーーーーーーーーーーーーーーーーーーーーーーーーーーーーーーーーーーーーーーーーーーーーーーーーーーーーーーーーーーーーーーーーーーーーーーーーー

「……はぁ――――――――――――――――――――――――――――――――――――――――――――――――――――――――――――――――――――――――――……す――――――――――――――――――――――――――――――――――――――――――――――――――――――――――――――――――――――――――――――――――……はぁ――――――――――――――――――――――――――――――――――――――――――――――――――――――――――――――――――……」


ゾクゾクゾクッ。

この背徳感と罪悪感、たまらん。

誰かに抱き着いて眠るって安心感も凄い。こんなの知らない。今まで感じたことがない。

センパイの優しさを利用してるみたいでごめんなさいですけど、今の私、凄い幸せです。

明日は日曜日。しかもセンパイのバイトも休み。心ゆくまで、楽しませてもらおう。

腕だけじゃなく、脚も絡ませる。

胸を押し当て、いろんなところを密着させ、重なるように抱き着く。

匂いだけでもヤバいのに、こんなに密着させちゃって……私、変態かも。

センパイの全てを堪能しながら、私も目を閉じて眠りにつく。
嫌なことを忘れるように——思い出さないように。

◆

「しゅかー……しゅぴー……」

……清坂さん、よく寝てるなぁ。

時刻は既に朝の八時。

いつもなら七時には起きてるけど、清坂さんが気持ちよさそうに寝てるから、起きるに起きれない。

しかもこの子、俺の腕どころか体を抱き枕にしてるし。

ヤバい。脚まで絡めてきてるから全身の柔らかさといろんなところの形がわかってやばい。

やばい。やばい。

起こしてあげるべきなんだろうけど、こんな気持ちよさそうに眠る清坂さんを起こすのは、何となく忍びないというか。

いや、それ以前に俺の男としての本能が、今を楽しめと叫んでいる（気がする）。

俺はどうすれば。

清坂さんが寝息を立てる度に、色んなところの柔らかさが形を変える。

今、俺の理性が試されている。頑張れ理性。負けるな理性。

「んっ……んん……」

清坂さんはもぞもぞと動いていい位置を探そうとしている。

若干ポジションが悪いのか、清坂さんはもぞもぞと動いていい位置を探そうとしている。

と、俺の首元に頭を突っ込み、動きが止まった。

どうやらそこが一番居心地がいいらしい。

……が、清坂さんの吐息が首に当たるし、その上耳元でむにゃむにゃ言ってるから、さっきより俺の理性がマッハで削れる。

しかもなんかいろいろと突起とか感じる気がする。しかと擦れてるし。でも気がするだけだ、気にするな。落ち着け。落ち着け俺。クールだ、クールになれ。

煩悩退散、煩悩退散、煩悩退散、煩悩退散……。

「んぁ……んっ……ぁ……ぁん」

ぼぼぼぼぼぼぼぼぼぼぼぼぼぼ煩煩煩のののののののののの退退退退退退退退退散退散退散退散退散退散退散退散退散退散。

――ブーッ
「んぁ？　ふぁぁ～。すまほ、すまほ……」

お、起きた……よかった。起きてくれた。

スマホの僅かなバイブレーションで起きるって、さすが現代っ子。お前もだろって意見は受

る。

け付けていません。

でも清坂さんは寝惚けてるのか、俺に抱き着いたままこっちの体をわさわさとまさぐってく

あっ、ちょ、そこはダメ……!?

「き、清坂さんっ！　清坂さんのスマホこれっ、これだからっ！」

枕元にあったスマホを渡すと、寝ぼけ眼を擦って受け取った。

「ん……ふあぁ～～～～……ありがとごじゃいます」

「ど、どういたしましてっ」

起き上がった清坂さんに背を向けて、急いで寝室から飛び出る。

ソファに座り込み、いろんなものを吐き出すように深々とため息をついた。

本当、いつか間違いを起こしそう。

その五分後。ようやく清坂さんが起きてきた。

さっきまでの寝ぼけ眼はどこへやら。もう完全に目が覚めたらしい。

「センパイ、おはよーございます！」

「お、おはよう。朝から元気だね」

「はいっ！　今日は日曜日！　しかもセンパイもバイト休みなので、いっぱい遊べます！」

俺と一緒に遊ぶこと前提なのか。

まあ、日曜日はいつもやることないし、いいんだけど。

「遊ぶっていっても、何するの？　うち、漫画とかラノベくらいしかないけど」

「あー、確かにセンパイってゲーム持ってないっすよねぇ。外でもいーっすけど、私らの関係がバレちゃうかもしれないっすし……なら、今日は添い寝しながら漫画とか読むっす！」

「え、いいの？」

「はい！　センパイ、買ってきた本読めてないじゃないっすか。なら今日はそういう日にするっす！」

お……おおっ。嬉しい。オタクに優しいギャルは実在したんだっ。

「ありがとう清坂さん。じゃ、今日はのんびりしよっか」

「はいっす！」

ベッドに向かい、壁を背にして足を伸ばす。

と、清坂さんは俺の脚を枕にして寝転がった。

「えへへ。センパイの膝は、今日一日私の特等席っす」

「わかった、わかった」

添い寝だったり膝枕だったり、清坂さんって意外と甘えん坊なんだな。

いや、清坂さんが家に帰りたがらない事情から推察するに、こうなるのも必然なのかも。

「センパイは何読むんすか？」

「俺はラノベの新刊かな。清坂さんも、これ読む？　一巻からあるけど」

「んぇー、らのべって小説っすよね。私、文字苦手なんすよねぇ」

「まあまあ、少しだけ。ね？」

「うー……センパイがそう言うなら」

書架から一巻を取り、手渡した。

俺の膝を枕に、眠そうな目で文字を追う。

ペラ、ペラ。一定のペースで紙を捲る音が聞こえる。

こうして何もなく、ただのんびりとした日常も悪くない。

清坂さんも、思いの外集中してラノベを読み込んでいた。

しばらく無言の時間が続く。

と、不意に清坂さんが勢いよく起き上がった。

「ど、どしたの？　大丈夫？」

「……センパイ。これの続き、あります？」

「えっ。あーうん、ここに……」

「あざす」

今度は俺の横に座り、集中して読み始めた。

まだ一巻を読み始めて一時間半しか経ってないのに、もう二巻を……？　しかも二巻目も相当読むのが早いし。

「……清坂さん、それ読めてる？」

「すんません。今いいところなんで」

「あ、ごめんなさい」

凄い集中力だ。こんなに集中してる清坂さんを見るの、初めてかも。

って、もう十二時か。お昼作らないと。

「清坂さん、お昼何がいい？」

「いらないいっす」

どハマりじゃないっすか。

まあ、清坂さんがいらないならそれでいいけど。

凄いな、こんなに没頭するなんて。……この集中力を少しでも勉強に回してほしい。

俺も隣でゆっくり読み進める。

清坂さんはハイペースで読み進め、俺が半分も読まないうちに二巻目を読み終えた。

「センパイ、ごめんなさいでした」

「ん？　何が？」

「正直、漫画とからのべとか、オタクが読むものって思ってました」

「まあ間違ってはない」

「でも……なんすかこれ！　めちゃめちゃ面白いじゃないっすか‼」

おめめキラキラ、鼻息ふんふん。もう大興奮だ。

清坂さんは本を抱きかかえると、脚をバタバタと動かした。

「このヒロインの女の子もサイコーに可愛いっすけど、お兄ちゃん大好きな義理の妹ちゃんもゲロ可愛い！　何これ、こんな面白いもんがあったんすか⁉」

「ラブコメ、気に入ったみたいだね」

「らぶこめっつーんですか⁉　これ、何巻まであるんです⁉」

「今俺の読んでる、七巻まで出てるよ」

「ということはあと五巻で終わってしまう……⁉　いや、あと五巻あると考えるべき……⁉

ううっ、続きが読みたい！　でも読むと終わってしまう……なんということでしょう！」

　この清坂さん、動画に撮って悠大に送りつけたい。

「ああああっ！　見てくださいセンパイ！　このカラーの絵、可愛すぎりゅうううう！

エモいっ！　これが真のエモ！　しかも全裸とかヤバい！　エロい！　ぬへへへへへっ」

　限界オタクみたいなこと言いだしたぞこの子。

　でもわかるなぁ、その気持ち。俺も最初にラノベに触れた時、こんな感じだったもん。

「と、とにかく続きを……あーでもこうなると他の本も気になってきました……！」

「時間はあるんだし、好きに読んでいいよ」

「そ、そっすよね！　なら続きを……って、ん？」

　ちょうどその時、清坂さんのスマホがけたたましく鳴った。

「むー。せっかくいいところだったのに……って、深冬？」

　え、天内さん？

　清坂さんは首を傾げて電話に出た。

「もしもーし。どしたー？」

『――――！　～～～！！』

「うっさ。また親？　……え、ちょ、泣いてんの？　は？　死ぬ？　死んでやる？　ままま、待って待って。え、どういう⁉　ちょ、はやまんなし！　今行くからっ！」

…………え？

「ちょっ、今不穏な言葉が聞こえたような⁉」

「わかんないっす！　え、深冬どこ⁉　マッハで行くから！」

清坂さんは急いでズボンを穿くと靴を突っかけて飛び出した。

俺も鍵とスマホを手に、急いで後を追いかける。

あーもう！　相変わらず清坂さん、脚はえーな⁉

「いた！」

ちょ、マジで速すぎ……！　も、もう体力が……！

駅近くの公園に入る。

普段は誰もいない寂れた公園だが、今はその公園に一人、女の子がいた。天内さんだ。

天内さんを見つけた清坂さんは、真っ直ぐ天内さんへ突っ込んでいき。

「深冬ー！」

「へぼっ⁉」

わぉ、ナイスタックル。

ベンチに座っていた天内さんごと、二人は反対側の茂みにダイブした。

「深冬、あんた何考えてんのさ！　じじじじ自殺とかマジふざけんなし!?」

「す、純夏さん、胸倉摑まないでっ……！　し、死ぬっ……息ができなくてっ、死ぬ……！」

「死ぬとか言うなーーーー！」

「ゆゆゆゆ揺らららららららら……!?」

茂みの中で揉(も)みくちゃになっている二人。

こんな状況でも絵になるくらい、二人の美少女レベルは群を抜いて高い。

けど、このまま傍観(ぼうかん)してるわけにもいかないし。

「どーどー。清坂さん、落ち着いて」

「ぬあっ!?　せ、センパイ！　襟首(えりくび)摑まないでほしいっす！　服伸びちゃいます！」

「これ俺の服だろ」

てか、こんなダルダルの格好でここまで来たのか。本当、思い切りがいいと言うか。

「けほっ、けほっ……ぱ、パイセン……？　え、なんで海斗パイセンがここに……？」

「あー……それはまあ、いろいろあって」

天内さんに手を貸して、茂みから起き上がらせる。

二人をベンチに座らせると、髪の毛に絡まった草を取ってやった。

「センパイ、ありがとうございますっす」

「あ、あざす……」

「これくらいなんでもないよ。それで天内さん、どうしたの？　何かあったなら、相談に乗るくらいはできるけど」

「ぅ。そ、それは……」

……まあ、ほぼ素性も知れない俺……しかも男に相談って、ちょっと厳しいよな。ここは清坂さんに任せた方がいいか。

そう思うと、清坂さんが天内さんの手を握った。

「深冬、大丈夫だよ。センパイちょー優しいからさ。絶対深冬の味方してくれるよ」

「純夏……ん、わかった。パイセン、聞いてくれる？」

「うん、俺でよければ」

とりあえず、近くの自販機で飲み物を買ってから話を聞くことに。

俺はブラックコーヒー。清坂さんと天内さんは、甘々のココア。

戻ると、二人は手を繋いで待っていた。どんだけ仲良いんだ。

「お待たせ。はいココア」

「あざっす！」

「ども」

ココアを飲んで落ち着いたのか、二人は少しだけ笑みを零した。

「それで深冬。ほんと、どしたの。あんなに取り乱して……」

「……お母さんと喧嘩した」

「喧嘩って、いつもしてんじゃん。どうして今回は……」

「確かに喧嘩はいつも通りのことだよ」

天内さんは辛そうな顔を隠すように、笑った。

痛々しく、苦しそうに。

「お母さん、私のこと産まなきゃよかったって言ってさ」

思ってたより重い話だった。

どうしよう、高校生が聞く相談にしては深刻すぎる。逃げ出したい。

「これでも私、お母さんのこと好きなんだ。でもギャルの私をわかってくれないお母さんは嫌い。それで口論になってね」

「わ、私はギャルの深冬、好きだよ！　ううんっ、ギャルじゃなくても、深冬は深冬だもん！」

清坂さんが天内さんの手を握って励ます。

天内さんも、辛そうながらも笑みを浮かべた。

だけど――天内さんが求めてる言葉は、違う気がする。

「天内さん。それ、お母さんが全部悪いの？」

「え……？　せ、センパイ、何言ってんすか！　深冬は傷ついて……！」

「ごめん、清坂さん。ちょっとだけ聞いてて」

「う……はいっす……」

俺の言葉に、清坂さんは引き下がった。

俺は天内さんの前に跪くと、震えている手をそっと握る。

そのお陰かわからないけど、天内さんの震えが止まった気がした。

「天内さんの口振りを聞くと、お母さんって凄く優しい人なんじゃないかな。だって、お母さんのこと好きなんでしょ？」

「……うん……」

「口喧嘩はいつものこと。でも今日は、それ以上に踏み込んでしまった。……踏み込んじゃったことに、心当たりがあるんじゃないの？」

「…………っ……ひぐっ……ぅぅ……」

目に溜まった涙が零れ、俺の手に落ちる。

不安と後悔が一気に決壊し、涙となって流れ出る。

そんな天内さんは、声を絞り出すように懺悔した。

「わ、わ、わだじっ……うんでほじいなんてっ、だのんでないっで……いっじゃっだあぁ……！」

「深冬……」

メイクが崩れることも気にせず、まるで子供のように泣きじゃくる天内さん。

でも俺の手は放さず、むしろ力を強めて握る。

天内さんの手を両手で包み込むと、大きな声を上げて泣いたのだった。

そのまま落ち着くまで待つことに。

ようやく気持ちが鎮まったのか、天内さんは泣き止んでくれた。

「ぐすっ……ご、ごめん。泣いちゃった……」

「気にしないで。吐き出せてよかったよ」

それから二十分。たっぷり泣いた天内さんは、どこか清々しい顔をしていた。

まだ俺の手を放さず、迷子になった幼児みたいに握ってくる。

そんな天内さんの横に座る清坂さんは、よしよしと肩をさすっていた。

「それで、これからどうする？」

「……謝りたい、です。私のせいだから……」

「ですって」

「……ふぇ……？」

公園のすぐ傍のポスト。

その陰に隠れていた人に声をかけると、そっと顔を覗かせた。

天内さんそっくりの美人さん。

でも、歳を重ねているからか大人の女性の色香が醸し出されている。

急いで来たのか額どころか胸元にまで汗が滲み、息を切らしている姿がなんとも……コホンコホン。

「お、おか、さ……!?　な、なんでここに……!?」

「あ、ごめん。私が連絡した」

「純夏!?」

「だって、どうせ謝りたいって言うに決まってるし。深冬、いい子だから」

「で、でも心の準備……！」

「そんなの待ってたら、いつまで経っても仲直りできないでしょ。ほらほら」

「わっ、ちょっ……！」

清坂さんに押され、天内さんが前に出る。

が、俺の手を握ったままだから、俺まで前に出てしまった。しかもまだ放してくれない。

あの、さすがにもう放してくれませんかね？　俺、これ関係ないよね？

「お、お母さん……」

「深冬」

険しい顔付きのお母さん。

それに対し、天内さんは萎縮するように俯いてしまった。しかも俺の手を握って放さないし。

不安なのはわかるけど、この場に俺の居場所はないよ。お願い放して。

「天内さん。落ち着いて」

「う……パイセン……」

「大丈夫。正直に話してみて。ね？」

「……うん」

天内さんは俺の手を放さずに深呼吸をし、一歩前に出た。

「お、お母さんっ。その、えと……なんというか……ごっ、ごごご……ごめんなさい!!」

多くを語らず、ただ頭を下げて謝罪する。

そんな様子を、天内さんのお母さんはただ無言で見つめるだけ。

と、不意に天内さんのお母さんが俺を見た。

「あなた、深冬のなんですか？　彼氏？」

「ち、違います。俺は清坂さんの友人で、偶然居合わせて……」

「そう、純夏ちゃんの……」

今度は俺と天内さんが繋いでいる手を見る。

あれ？　これ、まずいんじゃ？　ギャルが嫌いなお母さんってことは、真面目な人なんでしょ？　それなのに、見ず知らずの男と手を繋ぐってアウトなような……？

「あ、天内さんっ。て、手をっ、手を放した方が……？」

「だ、ダメっ。なんか安心するというか……勇気を貰えてる気がするから……！」

何それどゆこと……!?

しばしの間、沈黙が続く。

天内さんのお母さんは俺たちをジーッと見つめていたが。おもむろに足を一歩踏み出した。

ゆっくりと天内さんに近付いてくる。

天内さんは顔を上げないまま、体を僅かに硬直させた。

「深冬、顔を上げなさい」

「う……はぃ……」

天内さんは、怖々と頭を上げる。

こうして見ると、本当にそっくりだ。姉妹と言っても信じられるくらい、お若い。

天内さんのお母さんは、天内さんの頬にそっと手を添えた。

まさか、ビンタか……？　天内さんも体を強ばらせてるし。

場に緊張が走る。

が……急にお母さんが小さく笑った。

「まったく。こんなに泣き腫らして……可愛い顔が台無しじゃない」

「……おかぁ、さん……？」

「あなたは昔から変わらないわね。怒られると、何かをギュッと握って放さない癖……見た目は派手になっても、全然変わらない……」

手を握られている俺を見て、優しく微笑んだ。

「……ごめんなさい、深冬。まさかあなたがあんなこと言うとは思わなくて……お母さんも、ついカッとなっちゃったの。いえ、カッとなっちゃったでは済まないわね。言ってはならないことを言ってしまった。傷つけてしまった。……本当、ごめんなさい」

「う、ううん！　お母さんは悪くないっ。わ、わたっ……わだじがわるいがらぁ……！」

ここでようやく、天内さんは俺の手を放してお母さんに抱き着いた。

お母さんも、目に涙を浮かべて天内さんを強く抱き締める。

そんな二人の様子を、俺と清坂さんは離れて見守った。

「仲良いんだね、天内さんの家は」

「基本的にはそうっすね。深冬のお母さん、隣町の高校の先生なんで、そういうのに厳しいんすよ」

なるほど、それで口論に。

「いいお母さんじゃないか」

「そっすね。羨ましいです」

「わかる」

「私らは傷の舐め合いでもしますか」

「それしか慰める方法もないしね」

二人で思わず苦笑いを浮かべる。

本当、世の中いろんな家庭があるんだなぁ。

そんなことを思っていると、天内さんのお母さんがこっちを見た。

「純夏ちゃん。連絡してくれてありがとう。そっちのあなたも、深冬の傍にいてくれてありがとうね」

「親友として当然だよ、おばちゃん！」

「まあ、俺も成り行きということで」

清坂さんと一緒にいて、ついてきたに過ぎないからな、俺なんて。天内さんとはそこまで交流もないし。

「ふふ。でも深冬の傍にいてくれたのが、あなたみたいな優しい男の子でよかったわ。お名前はなんて言うの？」

「……吉永、海斗です」

「吉永海斗君――覚えておくわね」

覚えておく。

その言葉が、妙に耳に残った。

すると、天内さんのお母さんの視線が清坂さんへ移った。

「ああ、それと純夏ちゃん」

「はい？」

「ご両親が心配してるわよ。ちょっとくらい連絡してほしいって」

「う……はぁい……」

……ん？

「天内さんのお母さん。聞いていいですか？」

「何かしら」

「清坂さんのご両親が、連絡してほしいって言ったんですよね？」

「そうね」

「……帰ってきなさいではなく？」

俺の疑問に、隣に立っている清坂さんが俯き、天内さんもあわあわした。

え、今のまずい質問だった？　俺、地雷踏み抜いた？

天内さんのお母さんはじっと俺を見つめると、小さく嘆息した。

「詳しいことは、純夏ちゃんから聞いた方がいいわよね。それじゃあ深冬、帰りましょう」

「……ごめん、お母さん。もう少し二人の傍にいさせてくれる？」

「……しょうがないわね。遅くならないうちに帰ってくるのよ」

「うん」

天内さんのお母さんが、お辞儀をして公園を去る。

微妙な空気のまま、俺らは公園に残された。

「「…………」」

一難去ってまた一難というか。

俺と清坂さんの間に、微妙な空気が流れている。

清坂さんのご両親は、たまには連絡しろと言っていた。

帰ってこいではなく、連絡しろ。

それは、別に帰ってこなくてもいいと言っているようなものだ。

いったい清坂さんの家は、どんな家なんだ……？

「えーっと……き、清坂さん。無理に言わなくてもいいからね。俺は大丈夫だから……」

「はい……ごめんなさい。もう少し待ってほしいっす」

俺の服の裾を握り、俯く清坂さん。

安心させるよう、そんな清坂さんの手をそっと握る。

「二人とも。ちょっといい？」

「「っ!?」」

あ、天内さん……！　そうだ、天内さんは残ってたんだった。

「えっと……とりあえず、二人ともありがとう。二人のおかげで、拗れる前に謝れた」

「い、いやいや、気にすんなし。親友のピンチに駆け付けない奴はいないよっ」

「俺は成り行きだから、うん。そ、それよりご飯食べない？　ファミレスとかさ。俺、奢るよ」

「い、いいっすね！　ゴチんなりまーす！」

俺らの関係に疑問を持たれる前に、なんとか話を誤魔化そうとする。

が。

「ところで、なんで二人一緒にいたの？　なんで純夏、男物のシャツ着てんの？　なんで二人とも仲いいの？　純夏が家出してるのは知ってたけど、パイセンとの関係はなんなの？」

はい、がっつり詮索されましたね。まあ誤魔化しきれるとは思ってなかったけど。

清坂さんを見ると、汗をダラダラ流して目を泳がせていた。

「そそそそそれはぁ〜……」

「純夏……パイセンと付き合ってんの？」

「ち、違うっ！　つつつつ付き合うとかないから！」

バッサリ！

まあ恋愛感情とか持ってたら、ソフレなんてできないけど……それでもこうまではっきり言われると、かなり深いダメージを負う。

「じゃあなんで？」

「あー……うー……それはですね……」

「清坂さん、もう隠し通すの無理じゃないかな」

ここまで疑問を持たれたら、俺らの関係がバレるのも時間の問題だ。

なら説明した方が、後々ごたごたしなくて済むだろう。

「せ、センパイ……はぁ、そうっすね。深冬に秘密にするの、心が痛んでたんで……深冬、説明するよ」

「うん」

清坂さんと天内さんがベンチに座り、飲みかけのココアを片手に説明した。

家出してること。

訳あって、俺の家に居候してること。

そしてソフレであること。

その一つ一つを、天内さんは黙って聞いていた。

「……これが今の私の現状。黙っててごめん」

「なるほど、添い寝フレンド……ソフレねぇ」

天内さんは腕を組んで何かを思案している。

すると、突然ジャンプするようにベンチから立ち上がり——

「何それめっっっっっっちゃ羨ましい!!!」

——そんなことを言いだした。

天内さんはずいっと俺に近付くと、俺の手を握った。

「男女のエッチな肉体関係もなく、ただ傍にいるだけで安心する関係！　不純のようで純粋で、純粋だからこそ不純！　とってもエモい！」

「そ、そう……？」

「そうだよ！　すごくすごく！　羨ましい!!」

そんなに羨ましがるような関係か……？

「でも純夏が安心するのもわかるなぁ。パイセンと肌が触れ合ってるというか、手を繋いでるとスーパー安心するもん」

「でしょ!?　さっすが深冬、わかってんじゃん！」

「わかるわかる！　わかりまくり！」

清坂さんと天内さんが、キャッキャ言いながら俺の手を握ってきた。

何これ何これ何これ何これ？

いったいどういう状況だ？　なんで鎧ヶ丘高校一年の二大美女にサンドイッチにされてるんだ、俺？

どゆこと。これ、どゆこと?

「あっ、なら深冬もセンパイのソフレになる? 三人で一緒に寝よ!」

「はぁ⁉」

何言ってんの⁉ 何言ってんの⁉

そんなの許されるはずないじゃん⁉

「んー。それもいいけど、さすがに男の家にお泊まりはお母さん許さないんだよねぇ〜」

あ、よかった。そうだよね。あの立派なお母さんがいるのに、そんなことできるはずないよね。ちょっと一安心。

「でも、別の関係ならいいかもっ」

「え?」

別の、関係……?

「パイセン、ハンズアップ!」

「えっ。こ、こう?」

唐突に言われてしまい、思わず命じられた通りに手を上げてしまった。

「えい」

ムギュッ。なっ、抱きつ……⁉

「ふおぁ……おちちゅく……」

「ああああ天内さんっ⁉ いったい何を⁉」

「ほらほら、パイセンもギューッ、だよ」

「できるか!?」

状況についていけないんだけど！

「な、なるほど……そういうことね、深冬。さすが私の親友」

「でしょ？」

「何が!?」

清坂さんもわかってるみたいだし、状況についていけてないの俺だけ!?

「センパイ、センパイ。これはハフレっす」

「……ハフレ？」

「ハグフレンド。お互いにハグするだけの関係で、狙いはソフレと同じ人肌を求めるものっす」

そんなものまであんの!?　○フレ多すぎじゃない!?

「その通り！　パイセンは今日から、私のハフレ。いいね？」

「よくないけど」

「ありゃ、恥ずかしい？　ならパイセンの家で練習しよっか。ほら、ゴーゴー！」

「センパイ、行くっすよ！」

「え、俺の家!?　てかこの関係は決まってんの!?」

俺の抗議は虚（むな）しく公園に響き。

清坂さんと天内さんに手を引かれ、家に着いてしまった。

「おおっ、ここが純夏とパイセンの愛の巣！　なんかエロい匂いがする」

「そ、そんなことしてないしっ！」

「ほんとかー？」

「ほんとーだし！」

清坂さんと天内さんが、目の前でワチャワチャしている。

なんだこれ、どんな状況だ？

なんで俺の家に、トップカーストの中でも超勝ち組の二人がいるんだ？

しかも一人はソフレで、一人はハフレ？

なんの冗談だろう、これは。

あまりの成り行きに困惑していると――ムギュッ。天内さんが抱き着いてきた……!?

「パイセン、何ボーッとしてんの？」

「な、なんでもないっ、けど……！　天内さん、そんな唐突に抱き着かないで……！」

「抱き着いてないし。ハグだし」

同じじゃねーか。

清坂さんに助けを求め、視線を向ける。

と、清坂さんはそれに気付き、サムズアップした。

「深冬、深冬。あんまし飛ばしすぎると、センパイが狼になっちゃうよ。ちょっとずつちょっとずつ」

「むー……それは確かに困る」

清坂さんの言葉に納得したのか、ようやく離れてくれた。

し、心臓に悪すぎる。あといろいろ爆発しそう。

とりあえず二人をソファに座らせ、マグカップに甘々ミルクコーヒーを注いで差し出した。

「それにしても、パイセンいい部屋に一人暮らししてるね。ねね、私もこれからここに入り浸っていい？」

「入り浸るって……」

「純夏も同じじゃん？　それに私は夜になったら帰るし。ガッコー終わったあと、外で遊ぶと金かかるからねー」

まあ、毎日五百円使ったとしても、一カ月で一万五千円。高校生には高すぎる値段だ。

「センパイ、私からもお願いするっす。絶対迷惑かけないようにするんで……！」

「お願いパイセン！」

「ぐ……むぅ……」

た、確かに、清坂さんを家に泊めている以上、一人でも二人でも変わらない……か？

それに、二人は凄く可愛い。ここで突っぱねて夜遅くまで外で遊んで、もし変な輩に絡まれたりしたら……。

いやまあ、変な輩と言ったら、俺もある意味では変な輩なんだけどね。

問題は俺の理性が試されるだけなんだが……。

「わ……わかった。いいよ」

「「いえーい！」」

二人が嬉しそうにハイタッチした。

はぁ……外に放り出して、危険な目に遭われるよりマシか。

「じゃ、パイセン。早速シャツ借りるねー」

「は？」

「いやー、やっぱ部屋着はダボシャツに限るっしょ。今は持ってきてないし、パイセンのでいいやと思って」

よくないよくないよくない！

え、清坂さんといい天内さんといい、ギャルってパーソナルスペース皆無か!?

「はい深冬。これセンパイのシャツ」

「ありがとー」

「清坂さん、何さりげなくシャツ渡してんの？」

って、俺の話聞いてます？

二人は俺を無視し、寝室に入ってゴソゴソ着替え始めた。

数分も待たないうちに、すぐに扉が開く。

そこには、さっきまで着ていた服を脱ぎ散らかした二人が。

男物のシャツのせいでワンピースのように見えるけど、二人の胸がデカくて超ミニ丈みたいになっている。

こ、こいつら、俺を男として認識してないのか……⁉　さすがの俺もキレそうだぞ……！

「せっ、せめて下にハーフパンツを穿け！」

「「あーい」」

二人にハーフパンツを投げ渡すと、嬉しそうにそれを穿いた。

まるでストリート系ファッションみたいだ。凄くよく似合ってるが……さすがに疲れた。精神的にも肉体的にも疲れた。

ベッドに横になる俺。

清坂さんと天内さんは、ダボダボのシャツにダボダボのハーフパンツ姿で、俺の蔵書を読み漁（あさ）っている。

夢中になりすぎて完全に無防備。胸元もハーフパンツの奥も。

そんな二人に背を向け、いろんなものがバレないように丸くなった。

「パイセン、どしたん？」

「お、お構いなく」

「そ？　んー。にしても腹減ったにゃあ……なんか作ろうかな。キッチン借りるよー」

「え？　天内さん、料理できるの？」

「お母さんが夜遅くなる時あるから、少しはね」

……………。

「清坂さん」

「うっ。頑張りましゅ……」

まあ、得意不得意は人それぞれだから。

天内さんがキッチンに向かうと、軽快な音がこっちまで聞こえてきた。

音だけでわかる。相当慣れてるな、天内さん。

小刻みに聞こえてくるリズミカルな音を耳にしていると、なんだか一気に眠気が押し寄せてきた。

トントントン。包丁がまな板を叩く音。どこか懐かしい。

………。

え、懐かしい……？

なんで俺、懐かしいって思ったんだ？

この音、自分が包丁を使う以外で聞いたことがない。

実家で？　でも覚えてる限り、誰も家では料理をしなかった……はず……あぁ、なんだが眠気が……。

寄せては返す、揺り籠（かご）のような眠気。

その微睡（まどろ）みに逆らうことなく、ゆっくりと意識を手放した。

◆純夏ｓｉｄｅ◆

「そんで、純夏とパイセンはどこまで行ったん？」

「……何言ってんの？」

深冬の作ってくれたご飯を食べていると、突然そんなことを言いだした。

センパイは今熟睡中。

本当ならソフレらしく添い寝してあげたいところだけど、深冬がいるから我慢。

深冬はニヤニヤ顔で、寝室を指さした。

「パイセンってイケメンだし、さっき見たけど寝顔もスーパー可愛かった。あんなパイセンと一緒に寝てて、何もないってことはないでしょ？」

「なんもないよ。私とセンパイはそんな関係じゃないの」

「……マジ？」

何さ。そんな奇妙なものを見るような目を向けなくてもいいじゃん。

私とセンパイは、同じ穴の……同じ穴のうなじ（？）だから、不純な関係じゃないもん。

「でも、純夏はいろいろ溜まるんじゃないの？」

「そ、それは……」

「パイセンもそうかもよ。というか、私が抱き着いた時のあのテント、凄かったし」

うぐ。そ、それは……確かにそうだけど。

寝てる時もセンパイ、凄いし……。

「で、でも……つつつ、付き合ってもないのにっ、そんなの……！」

「はぁ……これだから処女は」

「はぁ!? 深冬に言われたくないし！」

「ななななな何言ってるのかな？ 私は取っ替え引っ替えだし！」

「わたわたわたわた私だって！」

………。

「深冬、この話はよそう。お互いに傷つくから」

「だね」

自慢じゃないけど、私も深冬もモテる。

顔面偏差値に自信あるし、おっぱいも大きい。あんまり自覚はないけど、陽キャと呼ばれる部類に入る。

告白された回数は数知れず。特に高校入ってからは、何故か教師にまで告白される。いやそれ犯罪だから。

そこまでモテるのに、お互いまだ彼氏がいたことがない。

別に白馬の王子様を信じてるわけじゃないけど、初めては絶対、心の底から愛し合える恋人同士としてって思ってるだけだ。

だから軽率な気持ちで付き合いたくないし、キスもしたくない。

……夢見がちなのかな、私たち。

「こほん。その話は置いといて。でもパイセンと純夏、お似合いだと思うけどなぁ」

「そ、そんなわけないじゃんっ。センパイ、私なんかより凄く立派な人だし……その親切心に付け込んでる私なんか、センパイに相応しくない」

これは私の本心だ。

今まで一生懸命、努力し続けてきたセンパイ。

今まで何もせず、好きに生きてきた私。

どこがお似合いなんだ。

私なんかが、センパイと並び立つなんてできっこない。

センパイにお似合いなのは、私なんかより可愛くて、私なんかより頭よくて、私なんかより料理が上手で……そんな優等生みたいな美少女がお似合いに決まってる。

「でもあんた、今までつるんできた男子どもの中で、パイセンといる時が一番楽しそうだよ」

「楽しいに決まってるじゃん。だって……」

その先の言葉を口にできない。

自分の言葉は、自分が一番聞いている。悪口も、いい言葉も。

だからこそ、この言葉を口にすると……もう、引き返せない気がする。

だから口にできない。

センパイにお似合いなのは私じゃない。

だから、この気持ちに名前をつけちゃダメ。

私の心が、その気持ちでいっぱいに——

「いや、あんたがパイセン好きって、傍(はた)から見たら丸わかりだからね」

「言うなし!!」

私が言いだせないの気付いて言ったでしょ！　意地悪！

「何？　パイセンのこと嫌いなの？」

「好きだよ！　……あ」

い……言っちゃった……。

「うぅ。深冬のばかぁ……！」

「てかむしろ、毎晩添い寝して体を密着させてて、相手のことが気にならないって、ある意味で病気だよそれ」

まあ、確かに……。

優しくされて。一緒に寝てくれて。温もりをくれて。努力してる姿を見せられて。私の事情も聞かないでくれて。顔もよくて。一緒に寝ると安心する……。

「こんなにされて、好きにならない方がおかしいでしょっ……！」

「わかる。私も正直、海斗パイセンにキュンときてるし」

「だしょっ!?」

思わず大きな声で前のめりになってしまった。でもわかってほしい、私の気持ちも。

なんというか、センパイに優しくされると本能でキュンキュンする感じがするのだ。

深冬も同じって、ちょっと嬉しい。

でも深冬は目をパチパチさせ、首を傾げた。

「えっと……純夏、いいの？」

「何が？」

「これから私、もしかしたら純夏のライバルになるかもしれないのに」

「え？　同じ人好きになってもよくない？　特に深冬となら、三人で楽しそうだけど」

「………………」

私の言葉に、ぽかーんとする深冬。深冬のこんな顔、初めて見た。

あれ？　私、今変なこと言ったかな？

深冬の反応に戸惑っていると、深々とため息をつかれた。

「純夏って、やっぱ変」

「えー、どこが？」

「普通自分の好きな人って誰にも取られたくなくない？」

「んー。他の人なら嫌だけど、深冬ならいいかなって。というか私、深冬好きだから。好きな人と一緒の人を好きになるって、つよつよじゃない？　ずっと一緒にいれるよ？」

「……やっぱ変」

ぷいっ。顔を背けられた。なんで？

というか、さっきから私ら好き好き言いすぎなような。吹っ切れた感はあるけど、まだちょっと恥ずい。

うぅ……今日の夜、無事に添い寝できるかなぁ……？

「……ま、誰よりも愛に飢えてるアンタなら、そーいう考えにもなるか……」

「え？　なんか言った？」

「別に、なんも」

むぅ。そう言われると気になる。

でもこれ以上追及しても絶対答えてくれなそうだし……ま、いっか。

# 第六章

起きると、時刻は既に十七時を回っていた。

やばい、今日は寝すぎた。夜眠れるかな。

寝室からリビングに出ると、玄関の方で清坂さんと天内さんが喋ってるのが聞こえてきた。

もう自分の服に着替えて、靴を履いている。今から帰るところらしい。

俺に気付いた天内さんが、「あっ」と声を上げた。

「パイセン、おは！　きょーはいろいろありがとね！」

「俺は何もしてないよ。全部行きがかり上のことだから」

「ばっかもーん。女の子からのおれーは、素直に受け取ること」

「……そういうことなら、まあ」

「にしし。よろしい」

天内さんって、清坂さんと似たタイプだからか、結構ぐいぐいくるな。ギャルってこんな感じなの？　ギャルに詳しくないから、よくわからないけど。

「あ、そうだ。ごめんね、今日は丸半日寝ちゃって」

「んーん。純夏（すみか）といっぱい話せたから、問題ないよ！」

その言葉に、清坂さんが顔を真っ赤にして俯（うつむ）いてしまった。

え、何？　なんの話をしてたの？

俺と顔を合わせようとしない清坂さんと、にやにやしている天内さん。

いったい、何が何やら。

「じゃ、私は帰るよ。昼間のことがあったし、早く帰ってお母さんを安心させたいから」

なんだ、本当にいい子じゃないか。なんでギャルしてるの、この子？

「わ、わかった。深冬（みふゆ）、またね」

「じゃあね、天内さん」

「ういーっす。パイセン、また明日も来るんで、よろよろー」

「え、本当に来るの？」

「当たり前じゃん。私、パイセンのハフレだよ？　ガッコーじゃ人目があってハグは難しいし、ここくらいしかないじゃん？」

別にハグのために来る必要はないんだけど。

でもまあ、いいって言っちゃったし、ここで突っ撥（ば）ねるのもなぁ……。

「はぁ……わかった、いいよ」

「にししっ。パイセン、話が早くて助かるーっ。じゃー……はいっ」

と、満面の笑みで俺に向けて腕を伸ばしてきた。

「えっと……？」

「何してんの？　ほら、ハグ！」

「え」

は、ハグ？　ここで？　清坂さんの見てる前で？

慌(あわ)てて清坂さんへと視線を向けると、キョトンとした顔で俺を見ていた。

「センパイ？　ほら、ハフレなんだから、ハグしないと」

「え、ええ……？」

この状況についていけないの、俺だけ？　なんで冷静なのこの子たち。

というか俺、なんで清坂さんの顔色を窺(うかが)ったんだ……？　あーでも、清坂さんとはソフレだから、心情的にちょっと後ろめたい……とか？

ダメだ、自分のことなのにまったくわからん。

「パイセーン、はーやーくー」

「うう……そ、それじゃあ……」

ゆっくり手を広げて、受け止める準備をする。

天内さんは嬉しそうな顔で、思い切り胸に飛び込んできた。

「ぎゅーっ」

う、ぐっ、うお……！　清坂さんにも負けず劣らずのデカいお胸様が、俺の体で形を歪(ゆが)めている。なんだこれ。なんで俺、自分の部屋でギャルと抱き合ってるんだ……！

だけど天内さんはなんか納得がいかないみたいで、俺の胸に顎を乗せて見上げてきた。

「むぅ。パイセンからも抱き締めてほしいんだけどー」

「……ま、無茶言うな……！」

「……ま、今はこれくらいで許してあげましょう」

ほ、やっと放してくれた。

小さく息を吐くと、天内さんは今度は清坂さんとハグをする。

二人のお胸様、歪みまくって大変なことになってんだけど……。

二人は抱き合ったまま、満足そうな顔をした。

「はふ。いいね、ハグ。私もハマりそう」

「あっ、それならパイセンと純夏もやったら？」

「えっ⁉」

「ほらほらっ！」

天内さんは清坂さんから離れ、こっちに背を押す。

さすがに恥ずかしいのか、前髪を直すふりをして目を逸らされた。

「あ、天内さん。俺らはソフレであって、ハフレじゃ……」

「じゃあハフレにもなればよくない？　別に二つはダメなんてルールはないし」

いやそうだけどね？　でもその……なんか天内さんとは違う恥ずかしさがあるというか。

どうしよう。これ、俺からいった方がいいんだろうか。

でも清坂さんが嫌がるんだったら、それ以前の問題だし……。

「き、清坂さんはどうなの……？」

「わ、私は、大丈夫っすよ……？　い、い、いつでもっ、バッチコイっす……！」

「そ、そっすか」

「はいっす」

ダメだ。逃げ場を失った。

「かーっ。パイセンはチキンだなぁ。ほら、純夏」

「う、うん。それじゃ……えいっ」

「うぉっ」

唐突に、清坂さんが俺の体に腕を回した。

密着する体と体。

清坂さんは顔を伏せているから、どんな表情をしてるかわからない。

でも、嫌そうじゃないのは密着具合から伝わってきた。

「せ、センパイも、ぎゅーって……」

「う、うん」

あまり力を入れないように、体に手を回す。

……あれ？　なんかあまり緊張しないな。むしろ安心するような……あ、そうか。いつも添い寝してるからか。

……改めて思うけど、本当に不純な関係だなあ、俺ら。

「にしし。じゃ、帰るわ。まったねーん」

「あ、ちょっ！」

……本当に帰った。俺らを残して。

抱き合ったままの清坂さんと俺。清坂さんは離れる気配はないし、どうするよ、これ。

「センパイの心臓、ドキドキしてます」

「そ、そりゃそうでしょ。こんな状況じゃ……」

「ふふ、そうですね。でもなんででしょう……安心と幸せを感じてます」

「……実は、俺も」

「私ら、ハフレの素質もあるんすかね？」

「そんな素質欲しくなかった」

でも、なんとなくその気持ちもわかる。

こう言っちゃなんだけど、ある意味で体だけの関係だよなぁ……不純だ。

そんなことを考えていると、清坂さんがグイッと俺の体を押して距離を取った。

「す、すんません、センパイ。今日、先にお風呂入っていいっすか？」

「え？　ああ、構わないけど……」

「あ、ありがとうございますっす……！」

パタパタと浴室に入っていった清坂さん。……俺の汗、そんなに気になったかな？　それはそれでショックだけど、それなら俺の方に風呂に入ってって頼むと思うし……わからん。

とりあえずベッドで漫画を読んでいると、出てきたのはその二時間後。

随分と長風呂だったけど、どことなくスッキリした様子なのはなんなのだろう？

「長かったね、大丈夫？」

「あ。す、すんません。その……久々で気持ちよかったというか、やりすぎちゃったというか……ごにょごにょ」

「え？」

「な、なんでもないっす！」

布団の中に潜り込んでしまった。

やりすぎたって……何してたんだろう？

◆

「海斗、なんか最近楽しそうじゃない？」

「……楽しそう？」

週明け。教室で授業の準備をしていると、悠大から唐突にそんなことを言われた。

楽しそう？　そう見えるのか？

思わず顔回りを触る。

うーん、特に変わった感じはしないけど……。

「……どの辺が？」

「口元がニヤけてる」

「えっ」

全く意識してなかった。そんなに顔ニヤけてるのか、俺？

顔回りをぐにぐにとほぐしていると、悠大の後ろからひょこっと女の子が顔を覗（のぞ）かせた。

スラッとした長身に長い手足。

整った顔立ちはヤンチャのようにも、落ち着いてるようにも見える。

母親がロシア人、父親が日本人のハーフで、生まれながらのプラチナホワイトの髪色に青い瞳。芸能活動は一切していないが、可愛すぎる女子高生として割と有名な子だ。

月藏（つきくら）ソフィア。愛称はソーニャ。

中学からの腐れ縁で、ちょっと派手な女の子。ギャルと言ってもいいかもしれない。

一年で清坂さんと天内さんが有名なら、二年で有名な美少女と言ったら、間違いなくソーニャだろう。

ソーニャと俺は友達というほどの距離感ではない。だから腐れ縁だ。

「あ、ソフィア。おはよう」

「ゆーだい、おはー。ヨッシーもおっすー」

「おはよう、ソーニャ。……またか？」

「にへへ。もーしわけない」

で、絡みの少ないソーニャがどんなタイミングで俺に絡んでくるかというと。

「ヨッシーめんごっ。きょーのすーがくの宿題見せてっ」

「やっぱりか」

宿題を自分で片付けられなかった時、ソーニャはこうしてやってくる。

まあ、いつもお返しに紙パックの牛乳を奢ってくれるから、別にいいんだけど。

牛乳を片手に、ソーニャはにへへと笑った。

「いやー、やろうと思ったんだけど、きのーはバイト忙しくてー」

「土曜は？」

「寝てた！」

悪びれもなく何を堂々と……もう慣れたから、別にいいけど。

「次の休み時間には返せよ」

「にへへっ、あざっす！　そーいう優しーとこ、スキだよ！」

相変わらず、もの凄く軽くスキとか言うな。しかも、この程度のことでチークキスまでしてくるし……ロシア人の距離感、どうなってんだ。

そっと嘆息し、鞄の中を漁ってノートを探す。

えっと、数学のノート、ノート……あったあった。

直後、手に取って違和感に気付いた。

このノート……俺のにしては綺麗すぎないか？

慌てて中身を見る。

ほとんどまっさらだ。でも冒頭の一ページだけ、勉強している形跡がある。しかもよだれを垂らした跡まで。

この文字、清坂さんの……あっ、そういや昨日の夜、勉強教えてって言われたんだった。

多分、片付ける時に間違えたんだろうけど、まさかこんなところで気付くなんて。

「？　海斗、どうしたの？」

「ヨッシー？」

「え、えーっと、その……」

どうする。どうやって切り抜ける、このピンチを。

数学は三時間目。休み時間の間にどうにか交換すれば問題ない。

けど、今この場をどう言い逃れる？　……ダメだ、何も思いつかない。

二人が訝しげな視線を向けてくる。

やっぱ忘れたと言って切り抜けるか？　いや、悠大とソーニャは、俺がそんな奴じゃないってことくらい知っている。この手は使えない。

あーもうどうしたら……。

「あ、いたいた。海斗センパーイ！」

……え？

教室がざわつき、クラスメイトが俺と声の主(ぬし)を交互に見る。

こ、この声……まさかっ?

ゆっくり廊下を振り向く。そこには、満面の笑みでこっちに向かって手を振っている清坂さんがいた。

「き、清坂、さん……!?」

ちょ、な、なんでここに!?

悠大とソーニャも、ぽかーんと俺と清坂さんを交互に見ている。

だよね、そんなリアクションになるよね。俺だってぽかーんとしてるもん。

清坂さんは周りの目も気にせず教室に入ってくると、小走りでこっちに近付いてきた。

「センパイ、昨日は数学の勉強見てくれて、あざっした！　でもノート間違えて持って帰っちゃってますよ」

「え……あ、あーっ、そっか。ごめんごめん」

清坂さんが後ろ手に持っていた俺の数学のノートと、鞄に入っていたノートを交換する。

と、悠大が「か、海斗!?」と身を乗り出した。

「き、清坂さんと知り合いだったの!?」

「そっすよー。ちょっと訳あって、昨日勉強見てもらったっす。ね、センパイ！」

「そ、そうなんだよ。まあいろいろとあって知り合うことになって」

正直には話せないから濁すが、あの清坂純夏と知り合いだったという事実に、クラスの男子

（一部女子）がザワついた。

清坂党ってファンクラブができるくらい人気者なんだ。そんな子と一緒に勉強なんて、普通じゃ有り得ないもんな。

「ありがとう、清坂さん」

「いえいえ、これくらいどーってことないです」

清坂さんとノートを交換し、それをソーニャに手渡した。

「はい、ソーニャ。数学のノート」

「あ、うん。ありがとう。………………」

ソーニャはノートと俺、そして清坂さんを順番に見た。

ちょっとだけいつもより目が鋭いような……なんで？

「キヨサカさん、だっけ？」

「はいっ。先輩は、ツキクラ先輩ですよね？　一年の間でも、美人の先輩って有名っすよ」

「キヨサカさんに褒(ほ)められるなんてこーえいだね。どうも、ヨッシー……吉永(よしなが)海斗とはちゅーがくからの付き合いのある月蔵ソフィアだよ」

「あっはー！　どもども、海斗センパイといろいろと仲良くさせてもらってます、清坂純夏ちゃんでーす」

誤解を招くような言い方をするんじゃない！

ほらぁ、クラスメイトからの視線の圧が凄いことになってるから！

清坂さんとソーニャの視線が交錯する。

なんか、険悪なような？

「って、ソーニャ。お前宿題写さないの？」

「あっ、そーだった！　じゃ、ノート借りるね！」

ソーニャは去り際にチークキスをすると、ドタバタと自分の席に戻っていった。

嵐のような奴だ。まあいつも通りだけど。

「あ、清坂さんも、そろそろ自分のクラスに……って、あれ？　いない……」

いつの間に戻ったんだ？　まあいいけど……帰ったら、不用意なこと言わないように注意しないと。

「か、い、とぉ？」

「え、悠大……？　か、顔怖いぞ」

いや、悠大だけじゃなくて他のクラスメイトも……!?

「ちょーっとお話、聞かせてもらおうか？」

あぁ……家に帰る前に、この地獄を乗り切らないと。

「いや、本当に偶然勉強を教える機会があっただけで……本当、それ以上もそれ以下もないからな」

「……まあ、正直僕らファンクラブの人間からしたら、清坂さんや天内さんが誰と付き合おうとどうでもいいんだ。推しが幸せなら、相手が自分じゃなくてもいい。それが推しを尊ぶというものだから」

悠大の言葉に、うんうんと頷くクラスメイト+廊下にいる他クラスの生徒。

いやこんなにファンいるのかよ。迂闊なことまったくできないじゃん。

「でも……やっぱり推しが誰かと付き合ったら悲しいものは悲しいんだよ！」

「そ、そうか」

この熱量、とんでもない。推しを前にしたファン、怖い。

若干ヒートアップしているみんなから距離を取り、宿題を写しているソーニャのもとに向かう。

「はぁ……こんなに熱を上げるなんて、凄いなみんな」

「キヨサカさんとアマナイさん、どっちも可愛いからね。私も似たよーなけーけんあるし」

「あー、ソーニャも美人だからな」

悠大も、入学当初はイケメンってことで割と話題に上がってたな。まあ今はたまに飛び出す限界オタクみたいな言動で、それも落ち着いてるけど。

美男美女ってのは大変だな。俺とは縁遠い世界だ。

「…………」

「ん？　なんだ？」

「……そーやってサラッと言うところだよ」

「なんのことだよ」

「知らない」

いきなり不機嫌になった。女心と秋の空。さっきまでテンション高かったのに……わからんな、本当。

そっとため息をついて、現実から目を逸らすように窓から空を見上げた。

時は過ぎて放課後。そこまで来ると、ヒートアップしていた空気も霧散していつも通りの雰囲気になっていた。

「センパイ、お聞きしたいことがあります」

だが、家に帰ると今度は清坂さんが腕を組んで待ち構えていた。

その背後では、天内さんがニヤニヤ顔でこっちを見ている。

なぜ外でも家でも質問攻めに合わなければならないんだろうか。

「センパイ、聞いてるっすか!?」

「あ、ごめん。なんだっけ？」

「ツキクラ！　先輩の！　ことですよ！」

地団駄を踏むんじゃありません。

そんな俺らのやり取りが面白いのか、天内さんがにんまり笑って俺の頬をつついてきた。

「パイセン、ほっぺにとはいえ、教室でキスとかやるねー。まさかヤリ慣れてる？」

「慣れてない慣れてない」

というか清坂さんめ。天内さんに教室でのこと言ったな？　あんまり言いふらすようなことでもないのに。

昼間に教室に突入してきたことと合わせて注意しようとすると、眉間に皺が寄り、明らかにご立腹な様子の清坂さん。

俺が清坂さんに注意しようと思ってたのに、思わず後退ってしまった。

「……バイトがあるから、手短にお願いします」

ギンッ！　と眉を吊り上げ、また地団駄を踏んだ。

「わかりました。では、たんとーちょくにゅーに言います！」

「もう！　清楚ギャル！　さんの！　時！　みたいに！　言い訳！　できないっすよ！」

「そーだそーだー！」

天内さん、あんた楽しんでるだけだよね。

というかそんなに大声出したら……

――ドンドンドンッ!!!

あぁほら、お隣の酒カスが暴れとる。

「ゴルルルァアッッ!!　うっせぇぞォ!!!」

「「ひぃっ！　ごごごっ、ごめんなさいです!!」」

壁に向かってペコペコ謝る清坂さん＋天内さん。実にシュールである。

まだ昼間なのに、白百合さん酔ってるなぁ。バイトから帰ってきたら絡まれそう。

ようやくボルテージが下がったのか、白百合さんも静かになった。肝臓ぶっ壊れても知らないぞ、まったく。

「うぅ……こ、怖かったっす……」

「さっき挨拶した時、凄く綺麗で清楚な人だと思ったのに……」

「こういうことがあるから、ここでは静かにしようね」

「「はい……」」

清坂さんは俺の制服の裾を摘んで、しゅんと落ち込んでしまった。

いちいち仕草が可愛いんだから……こりゃ、悠大たちが夢中になるのもわかるな。

とりあえずリビングに移動すると、二人並んでソファに座り、俺は対面でクッションの上に座った。

清坂さんはジト目で俺を睨み、膝に肘をついて口を尖らせる。

くそ、ことごとく可愛い。

「それでセンパイ。ツキクラ先輩とはどのようなご関係で？」

「ツキクラさん、私も知ってるー。スーパー美人さんでしょ？　写真もあるよ」

天内さんがスマホを操作し、ソーニャの写真を見せてきた。

「なんでそんな写真あんの？」

「んーとー……隠し撮り？♡」

「可愛く言っても盗撮は犯罪です」

「あうっ」

軽く天内さんにデコピンする。

「いじめだでーぶいだ！」と喚いていたが、無視。

……にしてもソーニャの奴、盗撮されてるの知らないから気を抜いてるはずなのに、どんな角度から見ても凄い美人だ。中学の頃から知ってるけど、さすがとしか言いようがない。まさに絶世の美女。

てか何枚盗撮してんの、天内さん。

「むきゃーー！　写真なんてどーでもいいです！　センパイ、ツキクラ先輩とはどんな関係なんすか！」

「どんなって……中学の頃からの腐れ縁だけど」

「はい嘘ーー！　嘘確ですーー！」

嘘じゃないいんだけど。

何に怒ってるのか知らないけど、ちょっと今日の清坂さん面倒くさいな。

「友達ですらない腐れ縁の女の子が、簡単にキスするなんて思えませーん」

「するぞ、あいつ」

「……マジですか？」

「ああ。いつも挨拶でやってる。というか、キスと言ってもチークキスね」

それでも、チークキスでの挨拶は基本女子だけにだけど。

俺はソーニャに宿題を見せたり受験勉強を見たりと、無数の借りがあるからな。この学校に入れたのも、俺が付きっきりで勉強を見てあげたからだし。

それでいつからか、俺にまでチークキスをするようになったんだ。

これを言うと怒らせそうだから言わないけど。なんとなく。

「ちーくきす……それって、ほっぺ同士のキスっすよね？」

「そうだよ」

清坂さんは腕を組んで唸る。

「ふーん……本当にそれ以上はないっすか？」

「ないよ。そんな関係でもないし」

その言葉でようやく落ち着いたのか、清坂さんは息を吐いて肩の力を抜いた。

「それなら許しますです」

「ありがとう」

と、この話に飽きてたのかスマホを弄っていた天内さんが、「あっ」と口を開いた。

「痴話喧嘩終わったー？　じゃーパイセン。次はハフレの私の相手をしてもらうよ」

「ん？　いいけど、何すんの？」

って、まあハフレだからハグをするんだろうけど。

天内さんは「にゅふふ」と笑うと、ソファをぽんぽんと叩いた。

「こっちこっち。こっち座って」

「そっち？　ソファ？」

「そーそー」

このソファ二人用で、三人じゃ座れないけど……？

言われるままソファの前へと移動する。

天内さんが立ち上がって、今まで座っていた場所を空けた。

とりあえずそこに座ったけど……このままじゃハグはできないような。

後ろから抱き着く？　でもそれはハグじゃないし。

疑問に思っていると、天内さんが俺の脚を跨ぐようにして膝をソファに乗せ。

「それじゃ、おじゃましまーす」

「へ？　あ、天内さん!?」

突然、俺の膝の上に座ってきた……!?

これはっ、いわゆる対面座位……！　こんなのリアルで見たことないんだけど！

「えへへ。ちょっと恥ずいね」

「な、なら離れてほしいんだけど……！」

「でもこれくらい慣れないと、ハフレなんて言えないっしょ」

全国のハフレさんへ。ハフレってそんなもんなんですか？

天内さんは制服の短すぎるスカートで、なんの躊躇いもなく密着してくる。

さらに腕を首の後ろに回し、超至近距離でじーっと俺の目を見つめてきた。

綺麗な茶色の瞳。吸い込まれそうだ。

それに、視線を下にずらすと深い深い谷間が――って、何ガン見してんだ俺は……！

ちなみに対面座位等の知識がある理由は察してほしい。一人暮らしの男の子なもので。

「こ、これっ、何を……？」

「何って、ハグだよ？」

「いやそれはわかってるけどさ」

でもこんなふうに密着する必要はないんじゃないかな!?

「ハフレなんだから、やっぱハグは定期的にしないとね。むぎゅーっ」

なんっ……!?

ハグというか抱き着きコアラみたいな感じで抱き締めてくる天内さん。

てかこれ、いわゆる大好きホールド的な……!?

「ほらほらパイセン、ぎゅーだよ」

「うぐっ……それ、俺もやらなきゃダメ？」

「ダメ。男なら覚悟決めて」

なんで天内さんといい、清坂さんといい、男よりも男らしいんだろう。

でも女の子にここまで言われて何もしないのは、男の沽券（こけん）に関わる。よ、よし。

「こ、こう、か……？」

背に手を回し、なるべく弱く力を入れる。

――キュッ。

あ、♡

「ぁん」

「い、痛かった……？」

「だ、大丈夫。続けて」

「……わかった」

ちょっとずつ力を込める。

それに合わせて、天内さんも俺の首筋に頭を埋めてさらに密着してきた。

美少女が抱き着いてくるという緊張と嬉しさ。

最高の美少女に心を許されている優越感と罪悪感。

この両方で、今にもゲロ吐きそう。

しかもこの様子を、隣にいる清坂さんが微笑ましげに見ている。冷静に考えると、なんだこの状況は？

そのまま数分。存分にハグを堪能したのか、ようやく天内さんが離れた。

「んーーーー……っぱ！　今日のパイセン成分摂取完了！　お肌つやつや～」

「よ、よかったね……」

俺としてはちょっとゲッソリ気味なんだけど……え、本当に成分が吸い取られたわけじゃないよね？

天内さんが俺の膝の上から下りる。

と、今度は清坂さんが俺の脚を枕に寝転がった。

「次はソフレの純夏ちゃんの番っすよ。さーさー、私を甘やかすっす！」

「あ、甘やかすって、どうやって……？」

「それはセンパイが考えてください」

う、うーん……ここからやれることといったら、頭を撫でるくらいだけど……。

でも、撫でていいんだろうか。髪は女の命って聞くし、染めてるとはいえ清坂さんも髪の手入れはしっかりしている。

清坂さんを見下ろすと、期待してるような目で俺を見上げていた。

「そ、それじゃあ……」

「んゅっ」

頭に手を添え、梳かすように髪を撫でる。

気持ちよさそうに、でもどこかくすぐったそうに目を細める清坂さんは、満足げな笑みを浮かべていた。

飼い主に撫でられて嬉しそうな猫……いや、犬？　猫？　犬？　とにかく可愛い。可愛すぎる。

「せんぱぁい……あごした、こしょこしょして……」

「こ、こう、ですか……？」

「あうあうあう」

顎の下をフェザータッチで撫でる。

その度にピクピク体が跳ね、なんとも言えないエロさを……って！

「きょ、今日は終わりっ！　バイト行ってくる！」

「にゃっ!?」

「ちょ、パイセン！」

鞄を持って部屋を飛び出すと、ほぼ全力疾走でバイト先に向かって走る。

そうでもしないと、いろんなものが発散できそうになかったから。

全力疾走すること十分弱。まだバイトの時間まで一時間以上あるのに、もう着いてしまった。

息が上がって、汗もだらだら。もう夏だから、簡単に汗も引かない。あっつい。

呼吸を整えていると、コンビニ前の喫煙スペースには既に花本さんがいて、タバコに火を点けていた。

「おー？　吉永、はやいなー。……汗かいてっけど、どしたん？」

「あー、いや、ちょっと走りたくなって」

「ふーん。ま、仕事まで一時間以上あるし、ちょっと暇潰しに付き合え」

自分用に買っていたのか、缶コーヒーを投げて渡してきた。

「ども」

「おう。珍しく私からの奢りだぞ」

「今世紀最大の珍事ですね」

「おいコラ」

「冗談です」

ありがたく蓋を開け、花本さんの隣に立って一口飲む。

喉渇いてたから、この冷たさがちょうどいい。

と、花本さんが鼻をぴくぴく動かして、俺を見上げた。

「雌の匂いがするな」

「は？」

「吉永、さっきまで女と一緒だったろ。それも二人。一人はお前の話してた奴だな。もう一つは知らんけど」

「いや、犬ですかあんたは」

「お、当たりか？　やるじゃん」

うりうりと肘でつついてくる。うぜぇ。

「行きがかりで懐かれただけですよ」

「行きがかりで女二人に懐かれるって、相当だぞ。白百合もお前には気を許してるし、私も吉永は信頼してるし……あれ、お前もしかしてスケコマシか？」

「何言ってんすか。花本さんはそんなんじゃないでしょう」

「バレたか」

そりゃ、そんな気が籠もってない顔で信頼してるって言われてもな。

「……花本さんの前じゃ、緊張しないから楽でいいっすね」

「それは私に女の魅力がないって言いたいのか？　胸か。やっぱ女は胸か」

「違う違う。花本さんも美人ですけど、この一年バイトパートナーとして一緒に仕事してきた信用と実績があるんで」

花本さんの性格上、女性と一緒にいるって感じより男友達と一緒って感じなんだよね。

それくらい、一緒にいて楽って意味だ。

「……スケコマシが」

「なんでっすか」

「ふん」

不貞腐（ふてくさ）れてしまった。最近こういうこと多くない。

◆

「え、今日白百合さんのとこ行くんですか？」

バイト終わり。花本さんがコンビニで買い込んだ酒とつまみの入ったレジ袋を俺に持つよう渡してくると、そんなことを言われた。

「おう。白百合と飲む約束しててな」

「あの人、俺がバイトに出る前から酔ってましたよ」

「いつもだろ」

あー、確かに。あの人、家にいる時は基本酔ってるからなぁ。よくアル中にならないものだ。

「つーわけで吉永、付き合え」

「は？　俺明日も学校なんですけど」

「私と白百合も明日大学だ。大丈夫だろ」

「大学生と高校生を一緒に考えるな」

てかいつも思うけど、酒の席に高校生を誘うなよ。

白百合さんも花本さんも、未成年に飲ませないって分別は弁えてるけど。

「大丈夫大丈夫。日付変わるまでには帰すからさ。ジュースもあるし、つまみも好きに食っていいぞ」

「そう言ってこの前は朝方解放されたんですが」

「そうだったか？」

「酔っ払いめ……まあいつものことですし、別に……あ」

しまった。今は俺だけじゃなくて、清坂さんもいるんだった。

前までは一人だったし、白百合さんの部屋も角部屋だから騒いでも問題はなかったけど、今はそうもいかない。もしかしたら清坂さん、もう寝てるかもしれないし。

「どした？」

「あー……やっぱり今日はちょっと。すみません」

「なんだよー。ノリ悪いぞー」

「酒の席にノリを求めてくる人、信用できない」

「さっきは信用があるっつったろ」

俺一人ならいい。けど清坂さんを一人にはできないし、ましてや酒の席に誘うなんて論外だ。

それに清坂さん、酔ってる白百合さんのこと苦手そうだし。

ちぇー、と舌打ちをした花本さん。なんだか申し訳ない。

そんな話をしていると、ようやくアパートが見えてきた。

「それじゃ、俺はこれで」

「あいよー。またバイトの時なー」

花本さんと別れて、自分の部屋に入る。もう天内さんは帰ったのか、玄関に靴はない。

はぁ、今日はなんか疲れた……。

「あ、センパイご苦労様っすー。……なんか疲れてません?」

「ああ。ちょっと今日はね……」

「ほへぇ」

いや、疲れてる原因の大半は清坂さんと天内さんにあるんだけど……まあいいや。

鞄を置いて息つく。

と、急に隣の部屋がドタバタと騒がしくなった。楽しんでるなぁ、あの二人。

「清楚ギャルさん、今日も元気っすね」

「まあ、今日は大学の友達が来てるから。俺のバイト先の先輩でもある」

「じゃあ今日はずっと騒々しいっすね。怒られないようにおとなしく添い寝しましょっか」

「だね」

とりあえず、もう風呂に入っちゃおう。手洗いうがいはそのタイミングで……。

「――――！」

「――――!!　〜〜〜〜！」

それにしても、今日は普段にも増してやかましいな。いったい何してるんだか……。

「近所迷惑になるし、ちょっと注意してきた方がいいかな……？」

「やめときましょうよ。酔っ払いに関わると碌(ろく)なことないです」

その通りなんだけど。このアパートに住んでるのも俺らだけじゃないから――。

――バンッ！　ドタバタッ、ドンドンドンッ!!

「かいとォ、いるかァ!?」

「ちょっ、白百合落ち着け！」

「ヒィッ!?　せせせセンパイっ、センパイ！　取り立てっす！　ヤクザっす！　センパイ何したんすか!?」

「いや白百合さんだから」

この押しかけてくる感じは久々だ。最近はおとなしいと思ったんだけど。

とりあえずドアを開けるか。このままだとぶち壊されかねないし。

「白百合さん、近所迷惑なんでやめてください」

「おー、出た出た！　かいとくんでたー！　あひゃひゃひゃ！」

「す、すまん吉永。今連れ戻すから……って、誰それ？」

あ、やべ。清坂さん隠すの忘れてた。

俺の服を握って、後ろから顔を覗かせている清坂さん。

そんな清坂さんを見て、花本さんが「あっ」と漏らした。

「もしかしてその子が、吉永の言ってた？」

「あーはい。清坂さんです」

「き、清坂純夏っす」

「ワォ……思ってたよりも美人さんだ。こりゃ吉永が夢中になるのもわかるね。どーも、花本カレンだ」

「ども……それよりセンパイ、夢中って――」

「ワーーーー！　そ、それよりどうしたんですかっ？」

花本さんに清坂さんのことを相談したなんて言えない。

しかもそれが恋だのなんだのって相談だ。そのことを清坂さんに知られるのはまずい……！

花本さんはそっとため息をついて、羽交い締めにしている白百合さんの頭を軽く叩いた。

「どうしたもこうしたもっ、この酔っ払いのせいだ」

「そーだ！　わたしのせいだ！」

「自覚あるならやめてくれ」

一升瓶を片手にふんすっと仁王立ちをする白百合さん。なんでこんな得意げなんだ。

「そーれーよーりー。かいとくん、なんでさそいことわるのー？　そんなに若い子が好きか！　ぴちぴちのじぇーけーが好きか！　そんなにしょじょはめんどいかーーーー!!」

「途中から男関連の私怨挟むのやめてください」

俺とあんた、そんな関係じゃないでしょう。

「白百合、マジで落ち着けって」

「おちついてまーす。お酒の席をことわったかいとくんがわるいでーす」

なんでだよ。

「こ、これが大学生……」

「清坂さん、この酒カスと他の大学生を一緒にしちゃダメだよ」

「そうだぞ、清坂。私とこのアホを一緒にするな」

「びえーーーーん！　みんながいぢめるぅーーーーー！」

今日のこの人、クソうざいな。

「あの、本当に近所迷惑なんで、とりあえず部屋に引っ込んでもらえますか？」

「いやです。かいとくんが来るまでここにいすわります。あっ、それならすみかちゃんも来なよっ、たのしーよ！」

「えっ」

おー、めちゃめちゃ嫌そうな顔。

清坂さんを俺の背中で隠すように前に出ると、そっと嘆息した。

「あーもう……わかりました。俺が行きますから、清坂さんは許してください」

「センパイ!?」

「あ、そう？　じゃーわたしのへや行こー！」

白百合さんがウキウキで部屋に戻る。

その後を、申し訳なさそうな顔で花本さんが追いかけた。

「というわけで、ちょっと行ってくるよ。日付変わるまでには戻るからさ」

「ぇ、ぁ……ぅ……」

清坂さんは白百合さんたちと俺を交互に見ておろおろしている。

うーん、面倒なことに巻き込んじゃったなぁ……まあ、あの人の隣の部屋に居候してるってだけで、いつかはこうなるとは思ってたけど。

そう考えていると、俺の服を握る力が、僅かに強まった。

「清坂さん？」

「…………ます……」

「ん、何？」

「……わ、わっ……！　私もっ、行きます……！」

…………。

「え？　そ、そんな、大丈夫だよ」

「いえ、行きます！　行かせてください！」

なんか、いつになく、ぐいぐいくるな。

清坂さんくらいの年頃だと、大人の世界とかに興味が出てくるのかな？　そんなにいいものでもないようだけど。

「……わかった。じゃ、行こうか」

「お、おす……！」

若干緊張している清坂さんと一緒に、白百合さんの部屋に上がる。

うっ、酒の匂いがこもってる。花の女子大生の部屋がこんなんで大丈夫か。

「おー、悪いな吉永。清坂も来たか」

「はいっす。せ、センパイを一人にできませんから……！」

「……ほーん、そういうことね。大切にされてんじゃん、吉永」

「俺としては、こんな魔窟に清坂さんを連れてきたくなかったですけどね」

既に散乱している空き缶や酒瓶。それに各種つまみ。

白百合さんってすぐ酔うけど、永遠に飲めるくらいめちゃめちゃお酒強いんだよなぁ……そりゃ男も敬遠するわ。

とりあえず換気扇を回し、窓を開けて空気を入れ替える。こんなところじゃ、匂いだけで酔っちゃうからな。

「かいとくん、あつい。エアコンつけてるからとじてー」

「うちわで扇いでてください」

エアコンを消して、その辺にあったうちわをぞんざいに投げ渡す。

どうせ寝て起きたら覚えてないんだし、雑な扱いでも問題ない。

「清坂さん、適当に座ってて。酔っ払いに絡まれたらほどほどにあしらっていいから」

「わ、わかりました」

「花本さん、清坂さんを頼みますよ。酔っ払いの魔の手から守ってください」

「あいあーい」

とか言って、花本さんも既にビール二本目だし。

この人らのペースどうなってんだ。

冷蔵庫を開け、二人分の缶ジュースを手に取る。

お、冷蔵庫の中にビーフジャーキーが。これも貰おう。

グラスは……別にいいか。

キッチンからリビングに戻ると、白百合さんが清坂さんに抱き着いていた。

「すみかちゃん、おはだすべすべー。かわゆい、かわゆいよぅ」

「あはは……でも白百合さんもちょー可愛いじゃないっすか。モテるんじゃないんですか?」

「……ふ」

「え、何その暗い笑顔」

あ、酔ってる白百合さんに男の話は禁句って言うの、忘れてた。

「ふふ……ふふふ……なんででしょうね。なんでわたし、まだ処女なんですかね。おしゃれにもぴよーにも気を遣って、お酒やつまみをいくら摂取してもだいじょーぶなようにうんどーもてーきてきにしてるのに……なんでわたしは……なんで……へへ、へへへ……へへへへへへへへへ」

「ひぃぃぃいいいいいっ⁉　せせせっ、センパイ！　せんぱぁい！」

闇堕ちした白百合さんにビビった清坂さんが、俺の方に駆け寄ってきた。

おーよしよし、可哀想に。

でもね清坂さん。腰の辺りに抱き着くの本当にやめて？　いややめてくださいお願いします。

「こらこら白百合。お前には私がいるだろ？」

「うう、かれん～……！」

「よしよし。うほ、乳でけ」

花本さんも酔ってるな。

白百合さんが酔ってるのをいいことに乳に顔を埋めてやがる。おっさんか。

二人が乳繰り合っているのを無視し、とりあえずクッションに座って清坂さんを宥めた。

「はい、清坂さん。オレンジジュースあったよ」

「あ、あざす……センパイって、いつもこんな酔っ払いに絡まれてるんですか？」

「まあね。慣れた」

「……よく今まで襲われなかったですね。あそこまで酒に酔ってたら、逆レされても不思議じゃないっすけど」

「逆レって……その辺のラインは超えないよ、あの人たちも」

それに、マジで暴走したら花本さんが絞め落としてくれるし。……何度か助けられたことは、秘密にしておこう。

「センパイ、次またこういうのがあったら、一人で来ちゃダメですからね。絶対、私を呼んでください。私がセンパイを守ります」

「さっきめちゃめちゃビビってたのに？」

「うぐっ」

「冗談だよ」

「むーっ！」

ぷくーっと頰を膨らませる清坂さん。まったく、いちいち可愛いんだから。

ジュースを片手に、白百合さんと花本さんが酒を飲んであーだこーだ言い合っているのを眺める。

大学の愚痴。バイトの愚痴。男の愚痴。どぎつい下ネタ。出るわ出るわ、話のネタが尽きない。こんなに話せる仲って、羨ましいな。俺と悠大みたいなもんだろうか。

すると、話が一段落ち着いたのか、花本さんが急に俺の方へやってきた。

「吉永、つまみ作ってくれ。私もちょっと手伝うから」

「え？　ああ、はい。わかりました。ごめん清坂さん、ちょっと待ってて」

「あ。はいっす」

花本さんとキッチンへ向かうと、冷蔵庫を開けて中を確認する。

ふーむ……あ、じゃがいもと辛子明太子(からしめんたいこ)がある。なら、明太ポテトサラダにするか。

「何にする?」

「明太ポテトサラダにしようかと。これならピリ辛で、お酒も進むでしょう?」

「何それ最高じゃん。チューしてやろうか?」

「お気持ちだけいただいておきます」

「こんな美少女とキスできる機会なんて、そうそうないと思うけどな」

「美少女?」

「あ?」

「ごめんなさい」

そうですね、美少女ですね、見た目は。見た目詐欺じゃないっすか? 言わないけど。

花本さんに、じゃがいもに穴を開けるようお願いすると、竹串で楽しそうにぷすぷす刺した。

「こういう細かい作業、私結構好き」

「俺もです。料理してる時は、気持ちが落ち着きます」

「ま、あんなどエロいギャルっ娘(コ)と毎日一緒じゃね」

廊下からリビングを見る花本さん。まあ、本当にその通りなんだよな。

リビングからは、酔っ払いに絡まれている清坂さんの声が聞こえてくる。

でもなんだかんだ楽しそうにしてるし、あっちはほっといていいかな。

「よしっと。吉永、できた」

「ありがとうございます。じゃ、濡らしたペーパータオルで包んで、電子レンジで温めてください」

「あーい」

その間に、俺は辛子明太子をボウルに入れてほぐす。

いい色だ。普通にこのまま食べたいくらいである。

すると、冷蔵庫を漁っていた花本さんが声を上げた。

「あれ？　おーい白百合、マヨネーズあるかー？」

「れいぞーこの上の収納の中ですよー」

「あれか……すまん吉永、取ってくれないか？」

「あ、はい」

さすがにあそこは、花本さんの身長じゃ取れないよな。

花本さんの上から手を伸ばして、収納の扉を開ける。えっと……ああ、あったあった。

「おぉ……吉永、でっけー。なんか襲われるみたいでドキドキする」

「ちょ、そんなところにいないでくださいよ」

「いいじゃん。なんなら、本当に襲ってみるか？　私は構わんよ？」

「な、それ洒落（しゃれ）にならないんですけどっ」

「にしし」

冗談だとわかってながらも、こちとら思春期真っ只中。そう言われると、本気で意識しちゃうからやめてほしい。

と、ちょうどその時。白百合さんが急に廊下に出てきた。

「ううっ、トイレトイレ……！　ちょ、ごめんねかいとくん、後ろとーるよ……！」

「え？　うお!?」

狭い廊下を無理に通ろうとした白百合さんのお尻に押され、バランスを崩し……ドンッ。花本さんの上から覆い被さるように、冷蔵庫へ押し付けてしまった。

もちろん、ちゃんと腕を支えにしたから押し潰してはいないが……。

「……ぁ、ぅ……？」

花本さんは色白の肌を真っ赤にして俺を見上げている。

いわゆる、壁ドンみたいな状況だ。

俺もいきなりのことで動くことができず、硬直してしまった。

離れなきゃいけない。でも、何故か体が動かない。このまま数センチ体をずらしたら、本当に襲ってしまえそうなほどの距離だ。

「よ、よし──」

──チンッ
「!?」

電子レンジの音が鳴り、俺らは揃って距離を取った。

あ、あ、危ない。危なすぎる。

まさか花本さん相手にこんな見惚れてしまうなんて……！

「す、すみません、でした……」

「う、ううん。こっちこそ、その……ごめん」

なんとなく気まずい空気を感じつつ、俺らは明太ポテトサラダを作ってリビングへと持っていった。

「あ、センパイお帰りなさいっす！　……なんかお二人とも、ちょっと気まずそうじゃありません？」

「んえ!?　そ、そんなことないよ。なあ、吉永？」

「え、ええ。なんもないよ」

「んー……？　ま、気のせいっすね」

ほ……バレなくてよかった。清坂さん、勘よすぎる。

明太ポテトサラダの入ったボウルをテーブルに置くと、清坂さんは目を輝かせた。

「うひゃー！　うまそうっすね！」

「清坂さんも好きに食べてね。たくさん作ったから」

「はい！　いっただっきまーす！」

清坂さんは自分の分を紙皿に取ると、美味そうに頬張った。

こんなふうに喜ばれると、俺も作った甲斐があったってもんだ。

自分の場所に座ると、ちょうどトイレを出た白百合さんがテンション高くリビングに戻ってきた。

「いえーい！　かいとくーん、すみかちゃーん。のんでるかーい！」

「勝手にいただいてますよ。タダジュースにタダ飯」

「そっかそっか！　ならよし！」

この人の上機嫌になるタイミングがわからん。

俺も明太ポテサラを食べていると、白百合さんが急に清坂さんの隣に座った。

「な、なんすか？」

「んへへ～。ねーすみかちゃん」

「はい？」

「かいとくんのこと、好き？」

「……へ!?」

まーた酔っ払いが適当なこと言ってるよ……。

「清坂さん、酔っ払いの戯言(たわごと)は気にしないでいいからね。白百合さんも、そろそろ飲みすぎですよ」

「まじゃほろよいらもーん」

「呂律(ろれつ)回ってないぞ」

白百合さんの頭を摑んで清坂さんから引き剝がす。

が、今度は反対側から花本さんが絡みに来た。

「私も知りたいな。清坂、どーなのよ」

「え、ええっと……」

「おいストッパー、なんであんたまで酒に吞まれてるんだ」

「いーじゃんいーじゃん。たまにはハメ外させろよ」

そういうのは俺と清坂さんがいないところでやってくれ……。

「もういいでしょ。清坂さん、そろそろ日付変わるから、帰ろう」

「は、はいっす」

「んぇー。もうちょっとー」

「そーだぞー。年上の言うこと聞けー」

「花本さん、白百合さんが抱いてほしいそうですよ」

「え、まじ？　じゃーえんりょなく」

「え、ちょ、かれんやめ……!?」

二人が乳繰り合ってる間に部屋を脱出。外から鍵を掛け、玄関ポストの中にしまった。

すまない、白百合さん。自業自得ってことで。南無。

俺の服を摑んでいる清坂さんと一緒に部屋に戻る。

もう日付が変わった。急いで風呂に入って、寝る準備しないと。清坂さんも眠いだろうし。

「清坂さん、先にベッド入ってて。すぐ風呂入ってくるから」

「…………」

「……清坂さん？」

あの、手を放してくれると嬉しいんですが。

「清坂さん、大丈夫？」

「……ほぇ？」

頬が朱に染まり、ぼーっとした目で俺を見上げてきた。

さっきの話で照れているってわけではなさそう。ということは……え、まさか酔ってる⁉

馬鹿なっ、ちゃんとジュースしか飲ませてないはず。

……まさか、匂いで酔ったのか？　確かに部屋自体酒臭かったけど、まさか本当に酔うなんて思わなかった。

清坂さんは俺を見上げ、頭がフラフラ揺れている。

そしてそのまま、俺の体に抱き着いてきた。

「んん～……せんぱぁい、頭がふわふわしますぅ～」

「ちょ、清坂さん落ち着いて。と、とりあえず水飲んでね」

「いらにゃい」

いらにゃいて。

確かに飲んでたのはジュースだから、お酒の飲みすぎのように喉が渇くわけではない。だから水は必要ないと思うけど……。

「わ、わかった。それじゃ、ベッド行こう。もう眠いでしょ？　明日も学校だから、今日はもう寝よう」

「んー……つれてって」

……なんと？

つれてって……今、連れてってと言ったか？

「そ、それは……」

「つれてって！」

「わっ!?」

いきなり飛びついてきたから、思わず受け止める形で清坂さんを強く抱き締めてしまった。落っこちないように片手は腰に、片手はお尻の方に手を回してしまい、清坂さんの全てが伝わってきてしまう。

お胸様のでかさ。腰の細さ。手に伝わるお尻の柔らかさ。

甘く、誘うような清坂さんの香りに、オレンジジュースの柑橘系が混じった淫靡な匂い。

理性の糸がぶちぶち断裂する音が頭の中で響く。

やばい。やばいデス。

「しぇんぱい、いーにおい……」

「か、嗅ぐなっ。まだ風呂入ってないんだから……！」

「入らなくても、いーにおい」

意味がわからん。

と、とにかく清坂さんをベッドに連れてって、無理にでも剝がさないと。

なるべく揺らさないように、清坂さんをベッドに運ぶ。

ぐうぅ……や、柔らかい。全部が柔らかい……！

今までで一番密着されてて、このまま人の道を踏み外してしまいそう……！

何とかベッドに到着。

清坂さんを座らせるが、まだ俺に抱き着いたまま離れそうにない。

「ほら、清坂さん。ベッド着いたよ」

「んー……ねるぅ」

「うん。いい子だから、手を放して寝ようね」

「せんぱいもぉ」

「お、俺は風呂に入ってくるからさ」

「やー」

幼児退行この上なし。

どうしよう。そろそろ体勢的に腰が悲鳴を上げている。このままじゃ清坂さんごと倒れ込んで押し潰しちゃいそうだ。

というか押し倒しちゃいそう。俺の中の狼さん、頑張って……！

「わ、わかった。横になるから、ちょっと力緩めて。いい子だから」

「……いーこ……うん、すみか、いーこだよ」

「そうそう。だから……」

「いーこにするから──置いてかないで」


…………え？　今……。


「清坂さん？」

「……すぅ……すぅ……」

あ、寝た。

そこでようやく力が弱まり、清坂さんは今にも泣きそうな顔で眠っている。

今のは、いったい……？

……考えても仕方ない。早く風呂に入って、清坂さんの傍にいてあげよう。

風呂場で念入りに体を洗い、いろいろしてから寝室に戻る。いろいろの部分は察してくれ。

戻ると、清坂さんは寝ているのに何かを求めてモゾモゾと腕を動かしていた。

隣に横になって頭を撫でる。

と、すぐに安心したように笑みを零し、深い眠りに落ちていった。

……いい子にするから、置いてかないで、か。いったい、誰に向かって言ったのか。

間違いなく俺にではないだろう。

じゃあご両親？　……それも違うと思う。清坂さんは、ご両親との仲がよくないから。

……誰に対して言ったんだろう。

「置いてかないで、か……」

清坂さんの頭をゆっくり撫でる。

少なくとも、俺は……俺だけは。

「気が済むまで、ずっと傍にいてあげるから」

清坂さんをそっと抱き寄せ、目を閉じる。

包み込むように……離さないように。

◆純夏ｓｉｄｅ◆

「…………（ぱちくり）」

「くぅ……くぅ……」

…………。

…………………。

………………………。

近ッッッッ!?!?!?

えっ、ちょ、顔良っ。近っ、え、顔近い!?

しかもこれっ、センパイの方から抱き締めてきてる⁉

はわっ、はわわわわわ……⁉

い、今まで私から抱き締めて寝てたことはあったけど、センパイからこうして抱き締められたことはなかった。センパイ、寝相よすぎだから。

でも今は、明確に抱き締められている！　いる‼　いる!!!

きききき、昨夜何かあったのかなっ？　えっとえっと、清楚ギャルさんの部屋で飲み会があって、それについてって……だめだぁ！　思い出せないぃ！

ももも、もしかして一線を越えたり……⁉　男と女として超えちゃったり⁉

……あーいや、それはないか。センパイはそういう面での理性は鋼だからなぁ。だからこうして安心して添い寝できるわけだし。

「センパイ……」

「くぅ……くぅ……むにゃ……」

ぎゃーーーー‼　ぎゃわゆいぃぃいい!!!

これが、オタクが推しを見た時の感覚……！　なるほどわかる。今ならわかるっ、言葉が出てこないよぉ‼

……最初から語彙力がないってツッコミはしないでください。泣いてしまいます。

センパイの温もりを感じつつ、さらに距離を縮める。

鼻と鼻がぶつかる距離。あと少しズレたら、キスできてしまう。

……したい。

キス、したい……。

でもダメだ。こんな状況でキスしたら、きっと私は罪悪感で落ち込んでしまう。

だから我慢。我慢。我慢……。

「うあぁぁっ、もぅ……！」

センパイから顔を隠すように、布団の中に潜る。

ダメだ私、センパイのこと好きすぎる。

深冬が煽るせいで、完全にセンパイのことを好きになってしまった。深冬のせいだ。謝ってもらおう。

でもセンパイは、こんなだらしない女の子なんて絶対好きになってくれない。

努力家のセンパイは、それを支えてあげられるだけの器量を持った女の子がお似合いなんだ。

なら、私がやることは。

「一生懸命、いろいろがんばる……！」

えいいえいおー！

◆

「センパイ、朝ご飯っす！」

「あ、うん。ありがとう」

「センパイ、洗濯モノ干したっす！」

「あ、ありが――」

「センパイ、掃除したっす！」

「あ、あり――」

「センパイ、ゴミ出ししたっす！」

「あ――」

「センパイ！　センパイ!!　センパイ!!!」

「…………」

圧が……圧が強い。

起きてからというもの、何故か清坂さんにものすごくお世話されている。

俺が何かやろうとすると、先回りしてあれこれやってくれるんだけど……なんで？

昨日の酔っ払ったことに罪悪感があって、それのお詫び……？

でも今朝本人に聞いたら、覚えてないって言ってたし……ふむ？

しかも、朝から勉強までしてるし……いったいどうしちゃったんだろう。謎は深まるばかり。

食後のコーヒーをすすり、一生懸命勉強をしている清坂さんを見る。

昨日のことは酔っ払っていて覚えてないみたいだけど……。

『いーこにするから――置いてかないで』

置いてかないで……どういう意味なんだろうか。

もちろん、ただの寝言の可能性もある。

それにもしこの言葉が、清坂さんの根幹に原因があるものだったら……ただのソフレに過ぎない俺が立ち入るのは、おこがましい気がする。

でも、清坂さんが本当に寂しがっているのだとしたら……俺にできることは、何があるんだろう。

「……ん？　なんすかセンパイ。私の顔に何かついてます？」

「あ、いや。なんでもないよ」

「そっすか？　それよりセンパイっ、他に何かしてほしいことないっすか？」

「大丈夫だよ、ありがとう」

「そっすか……」

なんで残念そうなのさ。そんなにお世話するの好きだっけ。

清坂さんの突然のお世話欲求に首を傾げる。

「あ、そういえば今日から夏服の移行期間だっけ。暑いし、夏服にしようかな」

「あー、そっすね。私も夏服にしよっと」

クローゼットから夏ズボンを取り出し、俺はリビングで、清坂さんは寝室で着替える。

念のために長袖のワイシャツを着て、袖をまくった。これなら教室が冷房で寒くても問題ないからな。

しばらくすると、夏服に着替えた清坂さんが寝室から出てきた。

半袖のワイシャツに、膝丈がめちゃめちゃ短いスカート。でも寒さ対策なのか、空色のカーディガンを腰に巻いて、手首には髪をまとめるシュシュをつけている。

ワイシャツが半袖になったのと、スカートが夏用に変わっていること以外、特に変化はない。ボタンが第三まで開いているのも、いつも通りだ。

「どっすか？　似合ってます？」

「うーん、ギャル」

「それ褒め言葉っすか？」

「すごく褒めてる」

こんなに制服をギャルっぽく着こなせて、しかも超可愛いとか反則でしょ。褒め言葉以外のなにものでもない。

……なんか、ちょっとドキドキしてきた。

え、いつもこんなでっかいの押し付けられてたの、俺。……本当、よく我慢してきたな。自分で自分を褒めたい。

「センパイ、目がえっちです」

「ご、ごめんっ」

「まったく……センパイも男の子ですね。……ま、まぁ、センパイが望むなら、ちょっとさわってもごにょごにょ」

……？　何をごにょごにょ言ってるんだろう？

首を傾げる。と、急に尿意が押し寄せてきた。

「って、センパイどこ行くんです？」

「ちょっとトイレに」

「あっ、わかりました！　なら私が代わりに行っておきます！」

「ありが……え、待って！」

トイレを代わりに行くってどゆこと!?

あ、ちょ、本当に入らないで!?

「大丈夫ですっ、私に任せてください！」

「何を!?　この状況で何を任せろと!?」

まあ、まだ我慢できる範囲内だから、ちょっとは大丈夫だけど……。

「センパイ、大変です！」

「ど、どうしたの？」

「朝出しちゃったので、おしっこ出ません！　これじゃあセンパイの代わりができないです！」

「しなくていいからさっさと出てきてくれないかな!?」

# 第七章

つ、疲れた……朝から何かと疲れた……。

あれから登校時間になるまで、清坂(きよさか)さんは何から何までお世話しようとしてきた。

朝から美少女にお世話されるのは嬉しいけど、気が休まらないんだよな……いったい、どんな心境の変化があったのやら。

「あ、パイセーン」

「ん？　ああ、天内(あまない)さん」

教室に向かう途中、廊下で天内さんに出くわした。

もう夏服に移行したのか、先日までのブレザー姿ではなくて半袖(はんそで)ワイシャツ一枚に。

でも寒さ対策なのか、腰にはベージュのカーディガンが巻かれている。

なんだか、清坂さんと双子コーデみたいで可愛い。

……にしてもデカいな。清坂さんといい、天内さんといい、なんでこう発育がいいんだ。

「おはおはー。……なんか疲れてない？」

「あー、ちょっと朝からいろいろあって」

「ノロケかよ」

「今のどこにノロケ要素があった？」

「むしろノロケしかなかったけど」

「喧しい」

廊下の真ん中で天内さんと話してるからか、じろじろと見られる。

これ、ちょっと居心地悪いな……俺が誰と話そうと俺の勝手だけど、こんなに見られるとは。

「じゃ、俺行くね」

「あ、待って待って」

教室に行こうとする俺を引き留めた天内さん。

スマホを高速で操作すると、俺のスマホが震動した。

『深冬：五分後、四階の空き教室集合！』

……え？

「天内さん、これってどういう……って、いないし」

ええ……どういうこと、これ？

とりあえず教室に行って荷物を置くことに。

教室に入ると、既に来ていた悠大が「おはよ」と声をかけてきた。

「おはよう。相変わらず早いな」

「まーね。朝イチ、清坂さんと天内さんを拝むのが僕の日課だから」

「朝から気持ち悪いから悔い改めた方がいいぞ」

っと、そうだ。天内さんに呼び出されてるんだった。

「ところで海斗、昨日はごめん。ちょっと取り乱しちゃって」

「いや、大丈夫だ。確かに俺と清坂さんが一緒に勉強って、イメージしづらいもんな」

「うーん。でも海斗頭いいから、頼られるのはわかるなぁ。ほら、噂をすれば」

「え？」

まさか清坂さん？

悠大の指さす方を見る。

そこには清坂さんではなく、ソーニャがこっちを見て苦笑いを浮かべていた。

「にへへぇ……ヨッシー、いや吉永様。少しお願いがあるんですけどぉ……」

「はいはい。試験勉強だろ？」

「さすが！　よくわかってらっしゃる！」

この時期になると、決まってお願いしに来るからな、ソーニャは。

問答無用でチークキスをしてくるソーニャを押し返し、教室の時計を確認する。

「あ、悪い。ちょっと用事あるから行くわ。ソーニャ、勉強は放課後な」

「うん。もちろん、二人っきりだよ」

「わかってるって」

どうしてかわからないけど、昔から二人きりの勉強会に拘るんだよな。

多分他の人がいると集中できないからだろうけど。

悠大とソーニャに軽く挨拶して教室を出る。

天内さんが指定した四階には空き教室がある。基本的に使われてないし、生徒の無断使用も禁止されている。

詳しくは知らないけど、昔不純異性交友があったとか。それから鍵を掛けられるようになったはずだけど……。

誰にも見られないように四階に向かう。四階には誰もいないから、静かなもんだ。

指定された教室の扉に手をかけ、ゆっくりと引くと……開いてる。開かずの教室で、俺と悠大も鍵が掛かってるのを確認したことがあったのに。

てことは……。

「天内さん？」

「お。パイセン、やっと来たー。遅いぞー」

やっぱりいた。

空き教室といっても、ここは物が乱雑に積まれた倉庫みたいになっている。周囲が物で囲われ、ある一角だけ隙間が空いている。そこに天内さんがいた。

椅子に座り、棒付きのキャンディを舐めていた天内さんが、ひらひらと手を振る。

「ここの鍵って、先生が管理してたと思ったんだけど」

「落ちてたから拾って型抜きして合鍵作った」

「有罪」

うん、それはダメです。ダメなやつです。

「まあまあ、いいじゃん。それよりパイセン、こっち来なよ」

「こっちって……椅子一つしかないけど」

「いいからいいからっ」

なんか前にも同じことがあった気がする。

言われた通りに近付くと、天内さんに椅子に座らされた。

目の前には仁王立ちしている天内さん。

腰に手を当て、口を『ω』みたいな感じにしている。

「え。な、何……？」

「むふー。純夏ってパイセンん家の居候だから、ソフレでおやすみからおはようまで一緒でしょ？　なら、私にもそういうのがあってもいいと思うんだよね」

「それってどういう……って!?」

いきなり天内さんが座ってきたっ。しかも対面座位。

おおおお、落ち着け俺。こういうことは前にもあった。だから大丈夫。大丈夫だ。

深呼吸を一回、二回、三回。

「な、なるほどね。清坂さんはソフレでずっと一緒だけど、天内さんはハフレだからチャンスがないと一緒にいられない、と」

「そゆことー。でも、今はそれだけが理由じゃないよん」

「それだけが理由じゃない？」

「パイセン、今朝ちょっと疲れてたでしょ」

……え？

脚に座っていた天内さんは立ち上がり、俺を追い詰めるように近付いてきた。

もちろん俺は動けない。座ってるし、逃げられたとしても後ろは壁だし。

もし下手（へた）に動いて転倒したら天内さんも怪我（けが）しちゃうだろうから、何もできない。

「純夏（すみか）っていい子だけど、ちょっと純粋すぎるし押しが強いからねぇ。パイセンが疲れちゃうのも無理はない」

「そ、それは……」

まあ、疲れてたのは事実だ。

でもそれは嫌な疲れじゃない。遊園地とかで疲れても、嫌な感じはしないでしょ。清坂さんと一緒にいる時の疲れは、そんな感じだ。

「大丈夫、大丈夫。私もパイセンと純夏が超お似合いなのはわかってるからさ。でも、なんて言うのかな……パイセンが疲れてるところを見たら、なんかいろんなところがくすぐられたんだよね」

「……どういうこと？」

「こういうこと」

「え……もがっ!?」

え、これっ、抱き締められて……!?

いやそれはいつも通りなんだけどっ、俺の顔がお胸様に挟まれてててててて!?!?

「ぼせーほんのー？　庇護欲？　とにかく、甘えさせたいって思っちゃったんだよね」

「もがっ!?」

「あんっ。もう、暴れないで」

ぎゅーーっ。

俺が逃げようと暴れれば暴れるほど、天内さんは力強く頭を押さえつける。

柔らかっ、でかっ、いい匂い……！

しかもボタンを大胆に開けてるから、温かさと柔らかさがダイレクトに……！

「よしよし。パイセン、落ち着いて」

あ……頭を撫でられるの、いいかも……。

なんだろう。俺、こうして頭を撫でられたこととか、抱き締められて胸に顔を埋めたこととかなかったけど……これ、やばい。ハマりそう。

「私、勉強したんだ。疲れてる男の人って、おっぱい揉むと元気出るんでしょ？　『大丈夫？おっぱい揉む？』ってやつ。元気出た？」

「……ん。出た」

「そか、よかった」

頭をゆっくり撫でられる。

こんなこと、学校でやっちゃダメなんだろうけど……背徳感（はいとくかん）で、気がどうにかなりそうになる。

「天内さん」

「ん？」

「腰に腕、回していい？」

「ふふ。許可なんていらないよ。ハフレじゃん、うちら」

「……そっか」

ゆっくり、天内さんの腰に腕を回して抱き締める。

まるでお母さんに抱き着いてるみたいだ。

母親に抱き着いたことなんてないから、わからないけど。

これが、甘えるってことか――。

「深冬～、きったよー。……あれ、センパイ？」

「あ、純夏」

「え」

清坂さん？

顔を向けると、そこには俺と天内さんを見て、きょとんとしている清坂さんがいた。

当然俺は、天内さんのお胸様に顔を埋めている状態。

……あ、あかんて、これは……。

え、これまさかの修羅場？　やばい？　幻滅されたか？　こんなところで逢い引きみたいなこと。ソフレ解消？　それともビンタ？　変態扱い？

いろんなことが頭の中を駆け巡る。

今すぐ天内さんから離れなきゃいけないのに、体が固まって動かない。

どうしよう、どうしよう、どうしよう。

「き、清坂さん。これは、その……」

「？　何慌ててんすか、センパイ。ウケる」

そんな真顔の「ウケる」ほど怖いものはない……！

「どーせハフレのハグだよね」

「にしし、せーかい♪　いやぁ、パイセン見てたら、なんか甘やかしたくなっちゃって」

「あ、わかる？　そうなんだよねぇ。センパイっていっつも頑張ってるから、甘やかしてあげたくなるの。寝顔も子供みたいで超可愛いし」

……あれ。本当に……なんとも思われて、ない？

それはそれで微妙な気持ち……いや問い詰められなくて嬉しいけど。

安心すると、体の力が抜ける。

そこに清坂さんも近付いてきた。

「センパイ、深冬のハグ気持ちいいっしょ？　私もたまにおっぱいに顔埋めるけど、本当気持ちいいんだよねー」

「なら純夏も来る？　はい」

「ええのん？　じゃあ。どーん！」

と、清坂さんも天内さんのお胸様に飛び込んだ。

俺と同じように腰に手を回し、遠慮なく顔を押し当てる。

「はふ。ふかふか〜……」

「だしょ〜？」

まあ、このふかふかは虜になる。ハマったら抜け出せなさそうだ。

「センパイ。この状況、添い寝みたいっすね」

「え？」

「深冬はセンパイとハグできる。私らは深冬のおっぱい枕で添い寝できる。最高の関係。どうかな？」

言われてみれば。

いや言われてみればってなんだ。俺の頭大丈夫か？

「なんか、ＪＫなのにおっきな赤ちゃんが二人もできた気分。なんだろう、アガる」

「深冬、ママの才能あるんじゃない？」

「そうかな。ママでちゅよー」

「ママ〜」

なんだこれ。

年下JKママ（仮）に抱き締めてもらい、そのお胸様を枕に年下JKギャルと添い寝、て

……うん、状況を整理すると、よくわからなくなる。なんだ、これは。

「パイセン、元気出た？」

「うん、ありがとう」

「どーいたしましてっ。……甘えたくなったら、いつでも甘えていいからね」

耳元でそんなふうに誘惑されると、本当に赤ちゃんになっちゃいそうだからやめて。

とりあえず天内さんから離れる。

すると、清坂さんがこてんと首を傾げた。

「それよりセンパイ、元気なかったんすか？」

「あーいや、その……昨日のこととか、今朝の清坂さんの奇行とかでちょっと……」

「奇行なんてしてないっすよ!?」

いやいや、今までの清坂さんを知ってると、あれも充分奇行だからね。

「そういえば、なんで清坂さん朝から気合い入ってたの？」

「そ、それは……センパイの役に立ちたかったというか、支えてあげたいと言いますか……」

あ、あー。そういえば最近、ずっとそんなこと言ってるような気がする。

でも今日の清坂さんは、いつも以上に張り切ってたような。

それにしても、他の可愛い子か……俺が知ってる中だと白百合さん、花本さん、あとはソー

ニャだな。

……あれ、意外といるな。

「こほん。そ、そのことと、今のパイセンの現状をよーく考えること。いいね？」

「お、おすっ」

天内さんと清坂さんが可愛いことと、現状を考える、か。

ふむ……よくわからんな。

「さあさあ、教室戻った戻った。もうすぐホームルーム始まるよ」

「天内さんは戻らないの？」

「私は……ほら、わかるでしょ？　やることあんの」

頬を染めてもじもじする天内さん。

わかるでしょ？　と言われても……察しろ系の言葉って、あまり好きじゃないんだよね。

けど清坂さんは察したのか、ジトーっとした目を天内さんに向けた。

「深冬、アンタね……」

「んー、何かなー？　私は純夏のためを思って一人でしようとしてるの。なんならパイセンに頼んでもいいんだよ？」

「むぐっ……センパイ、行くっすよ」

「え、でも……」

「いいからっ」

清坂さんに背中を押され、教室を出る。

天内さんはにこやかに手を振り、扉を閉めると鍵を掛けて中に籠ってしまった。

「まったく。家まで待てないんだか……」

「天内さん、何しようとしてるの？」

「……言えないっす」

言えないことをしようとしてる……？

「まさかタバコとか飲酒……!?」

「ち、違うっす！　私ら、そこはちゃんとしてるんで大丈夫っすから！」

そ、そうか。よかった。

ホッと息を吐くと、清坂さんが俺の背中を押した。

「さ、さあっ、教室行くっすよ。私は後から行くんで、センパイはお先にどうぞっす。二人で降りていくと、怪しまれちゃうんで」

「そう？　じゃ、またね、清坂さん」

「はいっす」

そうか。俺なんかと付き合ってるなんて、噂をされるのは嫌だもんね。

ちょっと寂しいけど、まあ清坂さんもモテるだろうし。放課後まで……あ。

「そうだ清坂さん。放課後なんだけど、ちょっと帰るの遅くなる」

「了解っす。どっか行くんすか？」

「いや、ソーニャに勉強教えてほしいって言われてさ。もうすぐ定期試験だし」

「……ソーニャ？」

「教室来た時いたでしょ。あのプラチナホワイトの髪の。夕飯までには帰るからさ。じゃ、いけない。もう二分くらいでチャイムが鳴る。急いで教室行かないと。

「ちょっ。センパイ待っ――！」

後ろから清坂さんの声が聞こえたけど、俺は早足で教室に向かっていった。

◆純夏ｓｉｄｅ◆

「で？　パイセンがツキクラ先輩って人と勉強会するんだって？」

「そうなんだよぉ！」

結局一時間目を丸々サボった深冬に、私はさっきのことを相談していた。

ツキクラソフィア。漢字はわからない。

入学してすぐ、一年生の間でも話題になったくらいの超美人。いや、超が十個ぐらいつくほどのスーパー美人さんだ。

お母さんがロシア人、お父さんが日本人のハーフらしい。

プラチナホワイトの髪と青い瞳。長身で長い手足。でもおっぱいは私の勝ち！（ここ重要）

ちょっと見ただけだけど、あの人絶対センパイのこと好きだ。センパイのことを好きな私が言うんだから間違いない。

センパイを見るあの目、間違いなく恋してる。

深冬は幼馴染みで親友だ。

だから一緒の人を好きになっても、むしろ一緒にいれて嬉しい。

でもツキクラ先輩は……ちょっと違う。

わがままなことを言ってるようだけど、なんか納得がいかないんだ。

……私って、嫌な女の子なのかな……？

「ふーん。なら突撃しちゃえば？」

「やだ。センパイに嫌われたくない」

「即答かよ」

当たり前じゃん、何言ってるの？

センパイは優しい。でも邪魔しちゃったら、私のこと嫌いになっちゃうかもしれない。

センパイに嫌われたら、私は生きていけない。

でも……あうあうあうっ、複雑なんだよーっ！

「よしよし。いー子いー子」

深冬が私の頭を撫でてくる。

すごく安心する。深冬って、本当にママの才能あるかも。とてもオギャりたい。

「まあ、ツキクラ先輩と勉強会してもさ、結局は最後は純夏の勝ちじゃん？　なら心配する必要なくない？」

「はっ、確かに！　深冬天才じゃん！」

「ははは、もっと褒めたまえ」

そうだ。たとえ二人っきりでいられるとしても、ツキクラ先輩は放課後の数時間だけ。

家に帰ったら私がいっぱいお世話して、いっぱい添い寝してあげられる。

ふふふ。ツキクラソフィア、敗れたり！

「ところで深冬。手洗った？」

「洗ったわ」

◆

「それじゃあ定期試験前、恒例の勉強会を始めるぞ」

「おなしゃす！」

放課後、教室に残った俺とソーニャ。

クラスメイトは早々に帰り、今は二人きりだ。

最初の頃はソーニャと二人きりの状況にどぎまぎした。

何せ中学の頃から絶世の美女ともてはやされてたくらい、整った容姿をしている。

が、今はそんなことはない。

というか、どぎまぎする余裕がないくらいソーニャはアホだ。

一度基礎を覚えれば問題ないが、それまでがめちゃめちゃ大変なのだ。

とにかく完全下校までの十八時半まで、みっちり教え込む。

そう息巻いてると、ソーニャが楽しそうに声を押し殺して笑った。

「どうした？」

「ん？　いやー、今だけはヨッシーも、私だけを見ているなと思って」

「まあ、今はソーニャ以外いないからな」

「そゆことじゃないんだけどー……まあいーや」

何が言いたいんだ、こいつは。

「じゃあ、今日の数学と化学の小テストの結果見せて」

「あれはお空の彼方(かなた)へ消えていったのだよ」

「捨ててんじゃねぇ。あの範囲から試験に出るって先生も言ってたろ」

「あいたっ！」

ソーニャの脳天にチョップをかますと、「虐待だ、でーぶいだ！」と騒ぎだした。喧(やかま)しい。

「はぁ。じゃあ俺の小テスト見せるから、そこから復習するか。どうせ問一しかわかんなかったんだろ？」

「何故(なぜ)にわかったし」

「わかるよ。何年一緒にいると思ってるの」

頼むから成長してくれ。はぁ。

「……ん？　顔赤いぞ。大丈夫か？」

「え⁉　そ、そう……？　あははっ、きょーはあちちだからねっ」

「確かに、もう夏だもんなぁ」

夏休みか……何して過ごそう。金には困ってないから、バイトを増やすつもりはない。

となると、いつも通り勉強漬けの毎日かな。

……あ、いや。清坂さんもいるし、多分天内さんも入り浸るか。

騒がしくも、楽しい夏休みになりそうだ。

「ねね、夏休み遊ばない？」

「あー……どうせ暇だしな。いいよ」

「やり！」

「その前に夏の補習にならないように勉強しろ」

「……補習？」

「赤点一科目につき三日」

「ひぇっ」

さすがのソーニャも危機感を覚えたのか、顔面蒼白になった。

さっきまで赤かったのに、忙しい奴だ。

「夏に遊びたかったら、頑張って勉強するんだな」

「お、おすっ……！」

ソーニャは気合いを入れ、勉強に取り組み始めた。

まったく、手がかかる……まあ、手のかかる子ほど可愛いって言うけど。

四苦八苦しているソーニャに勉強を教えつつ、俺も俺で勉強を進めていった。

◆深冬ｓｉｄｅ◆

「へぇ、パイセンって同級生相手だと、あんな感じなんだ」

純夏と一緒にパイセンの様子を見に来た。

それにしてもツキクラ先輩、相変わらず美人すぎ。遺伝子が違いすぎる。

パイセンも気を許してるのか、教えてる時の口調がちょっとキツめ。だけどツキクラ先輩は嬉しそうだ。

ありゃあ、間違いなく恋してるね。

「まあ、あれなら心配ないでしょ。パイセン、鈍感だしさ」

「…………」

「……純夏？」

さっきから純夏が静かだ。

やっぱり好きな人が超絶美人さんと二人きりで、気が気じゃないんだろう。まったく、純夏もウブいね。

「……ねえ、深冬」

「なに？」

「勉強してる？」

「してるわけないじゃん」

「……さっきセンパイ、赤点一科目につき三日の補習って言ってたような」

「…………………………………………。」

「「勉強しないとっ！」」

私と純夏はどちらから言うでもなく、鞄を持ってパイセンの家に向かってダッシュしたのだった。

◆

「センパイ！　私らに勉強教えてください！」

「さい！」

十九時前に家に帰ると、唐突に清坂さんと天内さんに土下座された。

こんな綺麗な土下座初めて見た……って、勉強？

「どうしたの、二人して」

「それがその、今回のテストで赤点があると、一科目につき三日の夏の補習があると聞きまして……」

「私ら、まったく勉強してこなかったから……」

なるほど、それでか。

今回のテストは十一科目もあるから、下手したら三十三日……夏休みがほぼ潰れる。

高校最初の夏休みが潰れたら可哀想だし……仕方ない。

「いいよ。その代わりあと三週間しかないから、ちょっと厳しめでいくけどいい？」

「「あ、ありがとうございます！」」

うん、とりあえず土下座するのはやめようね。女の子に土下座されて喜ぶ趣味はないから。

二人をテーブルに並ばせ、問題集を開いた。

「さて、勉強のコツだけど、問題はがむしゃらに解けばいいってものじゃない。解き方がわからないと、そもそも勉強が楽しくないからね」

「「確かに」」

ちょっとは否定してほしかった。

まあ、勉強が好きな奴なんてそうそういないか。俺は習慣だからやってるだけだし。

「暗記科目は口に出して暗唱したり、動きながら覚えると効果的だ。でも暗記科目以外はそうもいかない。じゃあどうすればいいかというと」

「「いうと……？」」

たっぷり数秒の間を取り——

「先に答えを見る」

――なんてことのない、当たり前のことを言った。

が、俺の言葉に二人はきょとんと首を傾げる。

「え、カンニングっすか？」

「パイセンも悪だね」

「違う。答えにはだいたい解説がつきものだ。答えと解説を丸暗記し、その後問題を見る。そうすれば、『答えがわからない。だからやる気が起きない』という勉強嫌いが一番陥りやすい前段階を克服できる」

「「お……おお～！」」

目からウロコだったのか、二人して顔を輝かせて拍手した。

そんなに感動されるとちょっと恥ずかしいな。結構ポピュラーな勉強法だと思うんだけど。

ちなみにこのやり方、被検体一号ソーニャで実験済みだ。

「そして最後に、テキストを読んで理解を深める。これなら、勉強が嫌いでもなんとかなりそうでしょ？」

「なるほど！　確かに問題を解く時、ちんぷんかんぷんでやる気なくなってたっす！」

「パイセン天才じゃん！　伊達に頭よくないね！」

「褒めるのは実際に学力が上がってからね。ほらほら、さっさと手を動かすっ」

「「おっす！」」

二人は今までにないほどやる気に満ち溢れ、問題集に取りかかった。

鎧ヶ丘高校の赤点は、平均点の半分。しかもテストの六割は問題集やテキストから出るから、この勉強方法なら六割は取れる。

つまり赤点は三十点前後。

それ以上の点数を取ろうとすると、ちゃんと応用も勉強しないといけないけど。

赤点回避が目的なら、このくらいでいいだろう。

二人が一生懸命問題に取り組んでいる間に、俺は料理を作る。

今日はカレーだ。どうせ天内さんも夜遅くまでいるだろうし、量は少し多めに。

俺が料理してる間も、二人はこっちの作業に気付かず集中している。

いい集中力だ。なんだ、二人ともやればできるじゃないか。

そのままカレーができるまでの間、二人の集中力は続いた。

このやり方なら、わからなくてつまずくってことは少ない。わからない問題にぶち当たったら丁寧に教えるけど、今のところその必要はなさそうだ。

「……あれ？　ごめん二人とも。一つ聞いていい？」

「はい？」

「何？」

「勉強のやり方は教えたけど……その問題って、試験範囲？」

…………………。

……………………。

……………………………………。

「「わかんない」」

「おばか……」

「「ぁぅ」」

とにかく、本格的な勉強は試験範囲を先生に聞いてからだな……。

「仕方ない。とっておきの秘密兵器をやろう」

「秘密兵器？」

「パイルバンカーとか？」

秘密兵器の喩(たと)えにパイルバンカーを出すって、いよいよ清坂さんもオタク化してきたな。俺のオタ趣味の影響なんだろうけど。

机の引き出しに丁寧に保管していたファイルとノートを取り、二人に渡した。

「これ、なんすか？」

「去年の定期試験の問題と、その時俺が勉強したノート」

「「なんと⁉」」

鎧ヶ丘高校の定期試験は、六割は問題集やテキストから出る。

ということは、前年に出た問題が丸々出やすいということだ。

「ここから少しは出るだろうし、他の問題も勉強して損はない。これでどうにかなると思うよ」

「センパイ、神！　マジ仏！」

「ヤバい、惚れる！」

ノリが軽いな。

と、急に清坂さんの動きが止まった。

「どうしたの？」

「あ、いえ。……私、またセンパイのお世話になりっぱなしで、何も返せてないって思っちゃって……」

「考えすぎだって」

「お返し……お返し……」

あー。でもそういうメンタルで勉強しても身にならないからなぁ……清坂さんたちには勉強に集中してもらいたいし。

それにリラックスして勉強させてあげたい。何か気の利いたジョークを……。

「あ、そうだ」

「なんすか!? な、なんでも言ってほしいっす！」

「わ、私も協力するよ！」

「じゃあ、背中を流してもらえないかなー、なんて」

…………………………………………。

空気が死にました。というか俺が死にたい。何言ってんだ、俺。ただのセクハラじゃん。死ねよ、俺。

「ごめん。二人を和(なご)ませるジョークを考えたんだけど、今のはないよな――」

「わかりました！」

「……え？」

わか……なに？

見ると、清坂さんも天内さんも気合い充分といった顔で息巻いていた。

「センパイのお背中、私たちが流します！」

「パイセン、先にお風呂行ってて！　準備するから！」

「ま、待て待て待て。冗談、冗談だからっ！」

「いえ、私たちにできるのはこれくらいしかありません！　忙しいパイセンをもてなすよ！」

「お風呂から出たらマッサージもしてあげる！」

二人に背中を無理矢理押され、脱衣所へと連れていかれた。

「さあセンパイ、服を脱ぎ脱ぎしましょうね」

「ズボンは私に任せて。恥ずかしがらなくていいから」

ちょ、待っ、あっ……。

「せ、せめて服は自分で脱がせてくれぇーーーーー!!」

# あとがき

どうも、赤金武蔵（あかがねむさし）と申します。はじめましての方は、はじめまして。お久しぶりの方、お久しぶりです。

この度（たび）は『拾ったギャルをお世話したら、○フレになったんだが。』をご購入いただき、まことにありがとうございます。ラブコメ作品としては、他レーベル作品と合わせて二作品目……いやはや、嬉しい限りです。

本編やあらすじを読んだ方は、伏せ字に何が入るかはご存じかと思います。決していやらしい意味ではなく、とっっっっっっっっっっっっても健全です。健全以外のナニモノでもない、健全オブ健全なお話です。まあ少し不純感はありますが。

そんな当作品、『まるフレ』のテーマは【不純で純粋な同棲ラブコメ】です。

ある意味では不純であり、ある意味では純粋である。そんなラブコメを書きたいと思い書き始めました。どうでしたでしょうか？　私としては、とても楽しく執筆できた作品です。まだ読んでいない方は、エロ可愛いイラストとともに是非とも本編をご一読ください。

最後に謝辞を。

膨大なＷｅｂ作品の中から私の作品を見つけてくださった、担当編集の後藤様。エッチで可愛いイラストを描いてくださった、イラストレーターの上ノ竜先生。校正者様、カバーデザイン等、当作品に関わってくださったすべての方々。Ｗｅｂ小説から読んでくださり、支えてくださった皆様。そして、数ある書籍の中から私の作品を手に取ってくださった、そこのあなた様。

すべての方々に感謝を。ありがとうございます！

またどこかで会えることを楽しみにしております！

赤金武蔵

この作品の感想をお寄せください。

あて先　〒101-8050　東京都千代田区一ツ橋2-5-10
集英社　ダッシュエックス文庫編集部　気付
赤金武蔵先生　上ノ竜先生

ダッシュエックス文庫

拾ったギャルをお世話したら、
◯フレになったんだが。

赤金武蔵

2022年9月27日　第1刷発行

★定価はカバーに表示してあります

発行者　瓶子吉久
発行所　株式会社　集英社
〒101−8050　東京都千代田区一ツ橋2−5−10
03(3230)6229(編集)
03(3230)6393(販売／書店専用) 03(3230)6080(読者係)
印刷所　大日本印刷株式会社



ISBN978-4-08-631484-8 C0193

ダッシュエックス文庫

わたしが恋人になれるわけないじゃん、ムリムリ!(※ムリじゃなかった!?)
みかみてれん
イラスト/竹嶋えく

陰キャが高校デビューしたら学校のスーパースターと友達に!? と思ったら告白されて!? 恋人と親友、2人の関係を賭けて大バトル!!

わたしが恋人になれるわけないじゃん、ムリムリ!(※ムリじゃなかった!?)2
みかみてれん
イラスト/竹嶋えく

恋人と親友のどちらがいいか三年間で見極めることにしたわたしと真唯。そんなある日、黒髪美人の紗月さんから告白されて…!?

わたしが恋人になれるわけないじゃん、ムリムリ!(※ムリじゃなかった!?)3
みかみてれん
イラスト/竹嶋えく

弟とケンカした紫陽花さんの家出旅にれな子も同行!? 真唯まで参加して賑やかな道中でそれぞれの募った想いがついに花ひらく…。

わたしが恋人になれるわけないじゃん、ムリムリ!(※ムリじゃなかった!?)4
みかみてれん
イラスト/竹嶋えく

真唯や紫陽花さんとの距離感に戸惑い、悩むれな子。それでも高校デビューから積み重ねてきた〝今〟を胸に、答えを叩きつける!

ダッシュエックス文庫

失業賢者の成り上がり
～嫌われた才能は世界最強でした～
三河ごーすと
イラスト／ごくげつ
キャラクター原案／おおみね

【第1回集英社WEB小説大賞・奨励賞】
進路希望調査に『主夫希望』と書いたら、担任のバツイチ子持ち教師に拾われた件
yui／サウスのサウス
イラスト／なたーしゃ

友達のお姉さんと陰キャが恋をするとどうなるのか？
おかゆまさき
イラスト／長部トム
キャラクター原案・漫画／まめぇ

友達のお姉さんと陰キャが恋をするとどうなるのか？2
おかゆまさき
イラスト／長部トム
キャラクター原案・漫画／まめぇ

能力が気持ち悪いという理由で勇者パーティからすぐに追放されてしまったカルナ。路頭に迷った末に色欲の魔王にスカウトされて!?

「私の旦那になりな」笑顔で告げた美人教師と秘密の交際がスタート!?　進路希望調査からはじまる年の差ハートフルストーリー！

親友の家に遊びに行くたびお姉さんからイタズラを仕掛けられる原因は…？　超鈍感少年と素直になれないお姉さんの初心者恋愛物語。

レイジと恋人になり、ひとり暮らしの資金を貯めるためにモデルを始めたサクヤ。だがそこにレイジに恋するカリスマJKモデルが!?

【第2回集英社WEB小説大賞・大賞】
**レベルダウンの罠から始まるアラサー男の万能生活**
ジルコ
イラスト／森沢晴行

地味なギルド雑用係は史上最強冒険者!? ダンジョンの改変で発見した隠し部屋を予想外の手段で使い、万能で楽しい二重生活開始！

【第2回集英社WEB小説大賞・大賞】
**レベルダウンの罠から始まるアラサー男の万能生活2**
ジルコ
イラスト／森沢晴行

二つの顔を持つアレンのもとに行商人の妹が帰省した。兄を心配するあまり、ジョブチェンジや恋の後押しなど世話を焼いてきて…?

【第2回集英社WEB小説大賞・銀賞】
**《魔力無限》のマナポーター**
～パーティの魔力を全て供給していたのに、勇者に追放されました。魔力不足で聖剣が使えないと焦っても、メンバー全員が勇者を見限ったのでもう遅い～
アトハ
イラスト／夕薙

理不尽な理由でパーティを追放されたイシュアこそが最重要人物だった!? 追いかけてきた後輩聖女と自由気ままな冒険のはじまり！

【第2回集英社WEB小説大賞・銀賞】
**～東京魔王～**
モンスターが溢れる世界になり目醒めた能力【モンスターマスター】を使い最強のモンスター軍団を育成したら魔王と呼ばれ人類の敵にされたんだが
鎌原や裕
イラスト／片桐

スキルを覚醒させた人間がモンスターと互角に戦う世界。脅威の育成能力でモンスターを進化させる力に目覚めた青年が人類を救う!?